KB253113

헤밍웨이

여성 읽기

헤밍웨이 여성 읽기

윤동곤 지음

한국학술정보(주)

책머리에

헤밍웨이의 여성관을 그의 작품들과 연관시켜 볼 때, 그의 문학의 상당 부분이 전기문학적 요소를 갖는다고 많은 비평가들이 말하고 있다. 특히 헤밍웨이의 가정 내에서의 부모와의 관계, 부모의 자녀양육방식, 그리고 작가 자신의 이혼과 재혼의 반복은 그의 여성관 형성에 있어서 많은 요소들을 제공했다고 본다. 그는 소년 시절 대부분을 부친보다는 모친의 영향력이 강한 가정 분위기 속에서 자랐다. 하지만 헤밍웨이는 강하고 지배적인 어머니보다는 야외 활동을 즐기는 아버지를 더 좋아했다. 또한 가정의 주도권을 쥐고 있는 자아가 강한 어머니에 대한 증오심과 적개심, 그리고 강한 남성에 대한 동경은 부모 간의 갈등에서 싹트게 된 것이다.

그의 작품에서 특히 흥미로운 것은 호전적이거나 치명적인 여성은 주로 미국 여성으로, 그리고 부드럽고 복종하는 여성이나 다정다감한 여성은, 영국 여성으로 등장하는 캐서린 바아클리(Catherine Barkley), 브렛 애슐리(Brett Ashley)나 스페인 여성 마리아(Maria), 이탈리아 여성 레나타(Renata)와 같이 이국적인 여성으로 묘사하고 있다. 결국 헤밍웨이가 그리는 이상형의 여인은 거의 미국 여성이 아니라는 점에 주목할 필요가 있다. 이런 점은 어머니에 대한 증오심과 여성들에 대한 일종의 반감의식에서 비롯되었음을 알 수 있다.

이런 헤밍웨이의 여성관은 전기적 관점에서 변화의 시기를 겪는다. 작가로서 자신의 성장과 더불어 계속 이어지는 창작과정 중 사랑의 형태나 질도 변화하게 된다. 이것은 가치관이 흔들렸던 제1차 세계대전 후의 격동기에 전쟁의 후유증으로 허무적인 사회 분위기와 환멸이 숨어 있었기 때문이다.

헤밍웨이는 그가 목격한 죽음과 폭력, 무질서 그리고 그 충격으로 인하여 모든 것에 회의와 절망을 느껴 기존의 모든 것을 배격하는 허무주의에 몰입하게 되며, 바로 이 허무주의는 헤밍웨이 문학의 시발점이 된다.

1964년의 『움직이는 축제(*A Moveable Feast*)』를 시작으로 1970년과 1986년에 각각 『해류 속의 섬들(*Islands in the Stream*)』과 『에덴동산(*The Garden of Eden*)』 등이 발간되자 작가의 새로운 모습들이 드러나기 시작했고, 여성인물들에 대한 기존의 비평들에 관해 재검토해야 할 필요성이 제기되었다. 이때 나타난 헤밍웨이의 새로운 면모는 인간유대에 대한 적극적인 관심, 남녀의 성역할에 대한 전통적인 관점의 변화, 예술적인 시각 등이다. 순종적이라거나 부도덕하고 파괴적이라는 비평을 받아 왔던 여주인공들 중에는 자신의 주장이 매우 강한 여성들도 있고, 성적으로 매우 개방적인 여성들도 포함되어 있다. 이렇게 본다면, 분명히 헤밍웨이 작품 속의 여주인공들을 새로운 각도에서 조명해 볼 필요가 있고, 또 그들이 뚜렷한 개성과 자아를 지니고 있는 주체적 인물임을 재조명할 필요가 있다.

그리고 '순종적'이라고 비평을 받던 여성들도 다시 연구해 보면, 그중에는 오늘날의 기준으로 보더라도 자기주장이 매우 강한 여성들도 있고 성적으로 매우 개방된 여성들도 포함되어 있다.

이 책에서는 헤밍웨이의 작품에 나오는 여성인물들을 새로운 각도에서 접근하여 그들이 개성을 가진 주체적인 인간으로 작품에 등장하고 있음을 규명하는 동시에 작품 속에서의 그들의 역할을 고찰하려고 한다. 다시 말하면, 많은 헤밍웨이의 여성인물들이 기존의 비평가들이 주장하는 것처럼 단순하지 않고, 복잡한 개성과 뚜렷한 자아를 가지고 있는 '다양한 성격'의 소유자들임을 규명하려고 한다.

헤밍웨이의 대표작이라고 할 수 있는 『해는 또다시 떠오른다(*The Sun Also Rises*)』의 브렛 애슐리, 『무기여 잘 있거라(*A Farewell to Arms*)』의 캐서린 바아클리, 『누구를 위하여 종은 울리나(*For Whom the Bell Tolls*)』의 마리아, 그리고 『에덴동산』의 캐서린 힐(Catherine Hill)을 각각 남성화된 여성, 뇌쇄적(惱殺的)인 여성, 양성화(兩性化)된 이상적인 여성, 자기중심적(ego centric)인 여성으로 분류하여 여성인물들의 성격을 새로운 측면에서 규명할 것이다.

끝으로 이 책의 출판을 승인해주신 한국학술정보(주)의 채종준 사장님과 편집부원 여러분의 노고에 감사드리며, 원고 정리와 교정을 도와준 아내 정현주와 딸 정선, 아들 인환에게도 특별한 애정을 표한다.

2010년 9월
무등골 서재에서
윤동곤

∷ CONTENTS

제1장

서론

1. 연구 동기와 목적

　여성을 문학과 결부시켜 말하자면 세 가지 관점에서 접근
할 수 있다. 첫째는 주제가 무엇이건 간에 여성에 의해 쓰인
것, 즉 작가로서의 여성에 초점을 맞추는 것이고, 둘째는 문
학의 수용자로서의 여성, 즉 여성의 읽기이고, 셋째는 문학내
용으로서의 주제 및 여성 등장인물에 대한 접근이다. 이와 같
이 문학에서 여성은 작가로서, 독자로서, 그리고 주인공으로
서 문학의 대상이 되어 왔다. 본서는 문학내용으로서의 헤밍
웨이 작품 속에 나타난 여성 등장인물들을 다양한 측면에서
분석해 보고자 한다.

　미국의 작가들이 그린 여성의 모습은 남성의 묘사와는 달

리 그 대부분이 자기중심적인 이기심과 성적(sexual)인 범주를
벗어나지 못한 상태로 묘사되어 있다. 예를 들면, 윌리엄 포
크너(William Faulkner)의 작품『병사들의 보수(*Soldier's Pay*)』에
등장하는 세실리 사운더스(Cecily Saunders),『모기들(*Mosquitoes*)』
의 페트리시아(Petricia)와 제니(Jenny),『성단(*Sanctuary*)』에 나오
는 템플 드레이크(Temple Drake) 등 이러한 여성들은 남성들
에게 성적인 매력을 발산하며 이것을 무기로 하여 자신의 정
신적인 욕구를 채우는 이기적이며 자기중심적인 인물들이다.
스콧 피츠제럴드(Scott Fitzgerald), 페니모어 쿠퍼(Fenimore Cooper),
마크 트웨인(Mark Twain), 허먼 멜빌(Herman Melville) 등의 소
설에 등장하는 여성들 또한 이와 유사한 유형이라고 할 수
있다. 헤밍웨이 작품 속의 여성들이 성적인 측면에서 다루어
진다는 점은 이들 전통작가와 유사한 일면이 있지만, 다른 한
편으로는 성격상 다소 특이하고 상이한 여성인물로서 작품
속에 나타나고 있다.

헤밍웨이의 여성관을 그의 작품들과 연관시켜 볼 때, 그의
문학의 상당 부분이 전기문학적 요소를 갖는다고 많은 비평
가들이 밝히고 있다. 특히 헤밍웨이의 인생역정 중 가정 내에
서의 부모와의 관계, 부모의 자녀양육방식, 그리고 작가 자신
의 이혼과 재혼의 반복은 그의 여성관 형성에 있어서 많은
요소들을 제공했다고 본다. 그는 소년 시절 대부분을 부권
(paternity)보다는 모권(maternity)이 강한 가정 분위기 속에서

자랐다. 하지만 헤밍웨이는 강하고 지배적인 어머니보다는 낚시와 여행을 즐기며 활동을 좋아하는 아버지를 더 좋아했다. 이 영향으로 헤밍웨이는 10세 전후에 확고한 여필종부(女必從夫)라는 여성관을 갖게 된다. 또한 가정의 주도권을 쥐고 있는 자아가 강한 어머니에 대한 증오심과 적개심, 그리고 강한 남성에 대한 동경은 부모 간의 갈등에서 싹트게 된 것이다. 그의 어머니에 대한 증오심과 거부감은 1924년 파리에서 출판된 그의 첫 번째 단편집인『우리들의 시대에(*In Our Time*)』 중의「의사와 그의 아내(The Doctor and the Doctor's Wife)」와 「병사들의 고향(Soldier's Home)」에 잘 나타나 있다.「의사와 그의 아내」는 작품의 주인공으로 여성이 아닌 닉(Nick)이라는 소년을 등장시켜서 그의 눈에 비친 부모 간의 관계를 통해 헤밍웨이의 여성관을 나타낸 작품이다. 가정의 주도권이 모친에게 있었기 때문에 부친은 항상 인내로써 참아야 했고, 부부싸움의 결과는 언제나 부친의 굴복으로 끝났다. 이렇게 양친 간의 불화가 생기는 경우에 닉은 반사적으로 부친을 비호하는 입장을 취하게 되는데, 전기적인 면에서 닉을 헤밍웨이로 생각해 보면 이런 면은 헤밍웨이 여성관의 시초가 되었음을 알 수 있다. 헤밍웨이는 이 작품을 통해서 아버지의 비겁함과 어머니의 독선에 대한 실망을 묘사했다. 헤밍웨이는 성년에 이르러서는 어머니에 대한 증오심이 극한 상황에 도달하게 되는데, 이런 모습은「프랜시스 매코머의 짧고 행복한 생애(The Short Happy Life of Francis Macomber)」에 잘 나타나 있다. 이 작품에서는 여성, 특히 자존심이 강하고 지배적인 미국 여성에 대한 그의 증오심이 잘 표현되었으며, 그러한 여성들을 어머니에 대한 반감으로 악마처럼 묘사하고 있다. 또 다른 작품인 「병사들의 고향」에서는 전장에서 모든 전통적인 가치관을 상실하고 죽음과 대면하다가 돌아온 병사 크렙스(Krebs)가 나온다. 크렙스는 가정도, 마을도, 사회도 자신에게 아무런 위안과 안정을 주지 못한다는 것을 발견하고 점점 더 고립되어 간다. 또한 자신의 어머니로부터도 아무런 위안이나 연계성을 찾지 못한 채 모든 것을 상실해 간다. 크렙스는 자신이 거부하는 여성의 전형을 불행하게도 자신의 어머니에게서 발견한다. 그의 아버지는 크렙스에 대해서 우유부단한 태도를 취하고 있으나, 어머니는 자기 본위로 자신의 종교적 도덕을 아들에게 강요한다. 실제 헤밍웨이의 부모는 자신의 아들이 기성사회에 정착하여 안정되고 인정받는 생활을 하기를 원했다. 특히 헤밍웨이의 어머니는 집안일을 돕는 것이 성인의 의무라고 생각하면서 무위도식하는 아들을 책망하곤 하였다. 「병사들의 고향」에서도 크렙스의 인간관계에 대한 부정적인 태도는 헤밍웨이 자신의 가족관계에 대한 부정, 나아가서 부모의 사랑에 대한 반발에서 그 요인을 찾아볼 수 있다.

이런 점을 간파한 필립 영(Philip Young)은 헤밍웨이의 어머니에 대한 증오감이 여성인물들의 창조에 영향을 미쳐, 그의

작품에 등장하는 여성들은 '사악하고 파괴적인 여성들'로 나
타나 있음을 언급한 바 있다(109). 베이커(Carlos Baker) 또한
헤밍웨이의 이런 점에 대해서 다음과 같은 견해를 피력했다.

> 헤밍웨이가 소설에서 여성을 다루는 데에는 두 부류의 극
> 단적인 여성에 대한 강조를 한다고 평하면 이 논평은 적
> 절할 것이다. 한 부류에는 남성에게 치명적인 여성들이
> 있다. 그중 대표적인 인물이 브렛 애슐리이다. 그리고 아
> 마 끔찍한 예는 마아곳 매코머 같은 인물일 것인데, 그녀
> 는 한 치의 오차 없이 남성에게 치명적인 여성이다. 그리
> 고 우리가 어느 정도 알아야 할 사실로 이런 여성들은 자
> 기중심적이고, 문란하며, 공격적이다. 이런 여성들은 그들
> 과 관련된 남성들에게 해로운 존재들이다[『예술가로서의
> 헤밍웨이(*Hemingway as Artist*)』 194].

베이커는 헤밍웨이 작품 속에 등장하는 여자주인공들의
역할, 즉 그의 어떤 작품에서건 남자주인공 못지않게 여자주
인공들이 공격적이고 파괴적인 면이 있음을 지적하였다(216).
또한 베이커는 여자주인공으로 인해서 남자주인공들의 개성
이 두드러지게 나타나고, 그들의 용감성이 돋보이게 되며 또
한 작품 속의 여러 상징들과 행동적인 묘사로 인해서 남자주
인공들이 더욱 부각되어 나타난다고 하였다. 이렇게 볼 때 헤
밍웨이의 문학을 보다 잘 이해하기 위해서는 여자주인공들에
대한 연구가 선행되어야 할 것이다. 그동안 헤밍웨이의 작품
속에 등장하는 여성에 대한 비평태도는 대체로 부정적인 비

평이 주류를 이루어 왔다. 에드먼드 윌슨은 "헤밍웨이 작품 속의 여인들을 두 가지 범주로 분류하였는데, 첫째 부류는 남자주인공에게 완벽한 애인이 되어 주는 순종적인 여인들이고, 둘째 부류는 모든 영혼을 파괴하는 미국의 음란한 여자들이다"(276)라고 했다. 필립 영 또한 헤밍웨이가 어린 시절 자아가 강하고 아집에 가득 찬 전형적인 미국 여성인 어머니를 보면서 성장하였기 때문에 그런 여성에 대한 혐오감과 증오심이 그의 작품 속에서 여성인물의 창조에 영향을 끼친 점을 다음과 같이 언급하였다.

> 남성들의 여성인물들에 대한 전반적인 태도는 기이하다. 즉, 전투적이지 않으면 감상적이다. 그는 그의 아버지를 변호하여 그의 어머니를 거부하기 시작했다. 그때 이래로 헤밍웨이가 묘사한 여성인물들은 매코머의 아내처럼 사악(vicious)하고 파괴적인 아내들이거나 혹은 캐서린, 마리아, 그리고 레나타와 같은 이상적인 아내들의 모습이었다 [『어니스트 헤밍웨이(*Ernest Hemingway*)』 81].

필립 영의 주장처럼 헤밍웨이의 작품에서 나타난 여성들은 서로 극단적인 두 유형의 인물들이다. 물론 이 점은 남성 측에서 바라본 여성의 모습이다. 많은 현대 여성해방론자(Modern Feminist)들의 관점에서 본다면 헤밍웨이의 여성관은 남성 위주의 가부장적 사상이라는 비난을 감수해야 될 것이다. 왜냐하면 그가 주장한 이상적인 여성상은 남성에게 봉사하는 헌신적인 여성으로 묘사되었기 때문이다. 이렇듯 헤밍웨이의 여성에 대한 이전의 비평들은 현실 가운데에서 여성을 어떻게 수용하고 있는가, 그리고 '남성 위주의 사회'에 대한 여성의 영향력 등을 규명하고자 하는 것이 주류를 이루었으나, 최근 연구들에서는 분명한 자기만의 자아와 의식을 지닌 한 개별 인간으로서의 여성인물을 연구하고자 하는 노력이 활발히 진행되고 있다. 이들 후자 비평가로는 그의 작품 속 여성들을 분석하면서 헤밍웨이의 심리상태를 검토하고 있는 크루(Frederick Crew), 포글러(Richard Fogler)와 여성인물들의 다양한 성격과 자아 확립과정을 분석하고 있는 라아브(Philip Rahv), 크로닌(Morton Cronin), 버어셀(Virginia Birdshell), 카펜터(Frederick Carpenter) 등을 들 수 있다. 또한 가장 최근 주류를 이루고 있는 비평가들로는, 헤밍웨이의 가족관계와 주변 여성들과의 관계와 관련하여 그의 심리상태에 대한 분석을 하고 있는 글로리아(Gloria C), 얼릭(Erlick), 필립 영, 그리고 헤밍웨이의 여성인물들이 갖는 고통에 초점을 맞추어 가장 현대적인 입장에서 분석하고 있는 니나 베임(Nina Baym) 등을 들 수 있다. 또 한편으로 헤밍웨이의 여성들에 대한 검토는 남성인 작가 자신에 대한 이해에 도움을 줄 뿐만 아니라, 현실 속에서의 여성에 대한 헤밍웨이의 입장을 이해하는 데에도 도움을 줄 수 있을 것이다. 특히 헤밍웨이 연구의 선구자로서 역할을 했던 필립 영이라든지, 에드먼드 윌슨, 베이커 등 비평가들은 헤밍웨이의 작품 속에 등장하고 있는 남자주인공들 대부분이 개성이 강한 강렬한 이미지를 풍기는 영웅적인 면모를 보여 준다고 하였다. 작가 자신도 이러한 이미지를 보여 주려고 노력했던 것은 초기의 비평들이 주로 남성적인 신화를 창출해 내는 데 주력하였음을 통해 알 수 있다.

헤밍웨이가 그리고 있는 남성상은 또한 시대적 배경과도 깊은 연관이 있는 것으로 보인다. 1차 세계대전 이후 남성은 허무감과 무력감에 차서 그 힘을 잃기 시작한다. 이러한 시대적 상황에서 헤밍웨이는 남성성의 회복이야말로 가치가 상실되고 무기력해지는 사회를 구제할 수 있는 한 방편이라고 생각한 듯하다. 이러한 시대적 배경과 맞물려 헤밍웨이의 성장 배경 또한 그의 남성성에 대한 몰두에 영향을 끼친다[마이클 리놀즈(Michael Reynolds) 136]. 헤밍웨이는 어머니에게 주도권을 빼앗기고 끝내는 자살을 한 자신의 아버지를 겁쟁이로 여기면서 이와는 대조적인 남성상에 매력을 느끼게 된다. 이러한 영향으로 그의 작품 속에 여성의 이미지 또한 대부분 남성의 관점에서 묘사되어 있다. 그의 작품에서 특히 흥미로운 것은 호전적이거나 치명적인 여성은 주로 미국여성으로, 그리고 부드럽고 복종하는 여성의 타입이나 다정다감한 계열의 여성은 영국여성으로 등장하는 캐서린 바아클리(Catherine Barkley), 브렛 애슐리(Brett Ashley)나 스페인의 마리아(Maria), 이탈리아의 레나타(Renata)와 같은 이국적인 여성으로 묘사하고 있다. 결국 헤밍웨이가 그리는 이상형의 여인은 거의 미국 여성이 아니라는 점에 주목할 필요가 있다. 이런 점은 어머니에 대한 증오심과 자신의 여성들에 대한 일종의 반감의식에서 비롯되었음을 알 수 있다.

이런 헤밍웨이의 여성관은 전기적 관점에서 변화의 시기를 겪는다. 작가로서 자신의 성장과 더불어 계속 이어지는 창작과정 중 사랑의 형태나 질도 변해 가게 되는데, 이것은 가치관이 흔들렸던 제1차 세계대전 후의 격동기에 전쟁의 후유증으로 정치적, 경제적 파급효과인 허무적인 사회 분위기와 환멸이 숨어 있었기 때문이다(168). 이러한 위기 상황에서 최고의 가치였던 기독교정신의 무가치화가 초래된 것은 불가피한 일이었다. 이런 현상은 제1차 세계대전을 계기로 헤밍웨이의 초기 작품에 그대로 파급되어 '신은 모두 죽었다(Dead are all Gods)!'라는 니체(Friedrich W. Nietzsche)의 명제가 바로 허무주의로 헤밍웨이의 사상 속에 전이된다. 이와 같이 세상사를 비극적으로 보게 된 것은 작가의 외상(trauma) 때문이라고 할 수 있다. 이와 같은 상처는 오랜 세월이 지난 후에도 마음속에서 치유되지 못한다. 그래서 헤밍웨이 자신도 불면증에 시달리게 되고, 그의 작품 속에서도 주인공은 한밤중에 잠을 깨어 깨끗하고 밝은 곳을 찾아 공포에 떨어야만 했다. 전쟁에 참가했던 사람들은 이런 정신질환을 안은 채, 그 후유증으로 시달리게 된다. 헤밍웨이는 그가 목격한 죽음과 폭력,

무질서 그리고 그 충격으로 인하여 모든 것에 회의와 절망을 느껴 기존의 모든 것을 배격하는 허무주의에 몰입하게 되며, 바로 이 허무주의는 헤밍웨이 문학의 시발점이 된다. 허무주의는 제1차 세계대전 후에 대두된 것으로 기존 가치에 대한 회의로부터 출발한 것인데 가치의 부정, 목적의식의 상실, 자포자기, 환멸, 질서의 파괴, 무의미 등을 특징으로 한다. 기존의 모든 것을 상실하고 인생 자체 내에서 아무런 의미를 찾지 못한 잃어버린 세대들은 모든 것이 허무하다는 인식인 허무주의에 빠지게 된다. 이와 같이 허무주의란 신과 진리와 가치의 존재에 대한 부정, 목적 상실, 무질서, 자포자기의 상태로 대체할 것도 찾지 못한 채 소외되어 방황하는 상태를 말한다. 니체는 모든 기존의 가치는 죽은 것이며, 모든 것은 덧없고, 삶이란 아무런 목적도 없는 것이라고 하였다. 니체는 인간이 존재의 속성으로 보고 있는 어떤 목적도 존재에 대한 해석에 불과하며, 허구적이라는 사실을 깨닫고 있었다. 또 그는 허무주의를 지금까지 인류가 지녀 온 인생관 내지는 세계관이 뿌리째 전면적으로 붕괴되어 버리는 큰 변화나 위기의 시기에 있어서 필연적으로 나타나는 사회현상으로 보았다. 이런 관점에서 보면 그때까지의 서구 문명에 있어서 가장 큰 사건이었던 제1차 세계대전 후에 허무주의가 만연했다는 것은 당연한 일일 것이다. 이러한 지적 풍토에서 생겨난 것이 바로 '실존주의 철학'이다. 실존주의는 엄밀히 말하면 체계적이고 추상적인 철학이라기보다는 오히려 '위기의식'을 반영한 삶에 대한 태도를 가리킨다고 할 수 있다. 이와 같이 헤밍웨이는 이성 대신에 행동을 강조하며, 그 속에서 진실을 추구한다는 점에서 실존주의 작가이며, 그의 문학은 실존주의적 경험에서 우러나온 '행동주의문학'임을 알 수 있다. 따라서 그의 문학에서 전기적인 사실은 간과할 수 없는 중요한 자료가 된다.

전기(biography)가 문학연구에 도움이 되고 중요시되는 이유는 그것이 그 사람이 써 놓은 문학작품을 보다 잘 이해하는 데 크게 도움을 줄 것이라는 믿음에 기인한다. 하나의 문학작품은 필연적으로 그것을 만들어 낸 작가를 갖게 마련이며 이러한 작가의 인격과 생애를 연구하는 것은 오래되고 또한 잘 알려진 방법 중의 하나이다. 다시 말해서 한 작가의 작품은 작가의 생활 그 자체의 산물이며, 반영이라는 뜻이다. 또한 전기가 문학 작품을 연구하는 데 도움이 되고 중요하게 여겨지는 이유는 그 작가의 작품을 보다 잘 이해할 수 있기 때문이다. 특히 헤밍웨이의 가족관계를 포함한 그의 전기문학적인 요소는 그의 소설 속에 여주인공으로 투영되어 나타난다. 그리고 그의 작품 속 여성인물들은 모두 그의 주변에 있던 여성들과 영향을 주고받았다고 말할 수 있다. 헤밍웨이는 자만심이 강한 어머니에 의해 생긴 '부정적인 여성관'과, 아그네스 폰 커로우스키(Agnes Von Kurowsky)로부터 청혼을 거절당한 이후에 형성된 여성에 대한 증오심 때문에 여성에

대해 절대 복종을 요구하게 된다. 그러나 그의 아내들은 헤밍
웨이에 대한 절대복종에 동조하지 않는다. 그래서 그는 세 번
이나 이혼을 하게 된다. 반복된 이혼과 결혼, 그에 따른 가정
적 불운과 여성에 대한 환멸과 욕구불만이 작품에 여러 여성
상으로 나타난다. 이 여인들이 브렛 애슐리, 캐서린 바아클
리, 마리아, 레나타 등과 같은 인물들이다. 이런 점에서 헤밍
웨이 문학은 실존주의적 경험에서 우러나온 행동주의문학임
을 알 수 있다.

　1961년 헤밍웨이의 자살과 1968년에 나온 베이커의 전기
는 헤밍웨이의 인생을 좀 더 자세하게 살펴보아야 할 필요성
을 제기했지만, 남성 신화의 허실에 대한 탐구로 발전되지는
못했다. 1970년대 페미니스트들이 본격적인 활동을 시작하여
가부장 제도를 바탕으로 한 모든 것에 의심을 품고 그것을
붕괴시키기 위해 많은 노력을 했으며, 어느 정도 성공도 거두
었다. 그러나 헤밍웨이에 대해서 관심을 가진 사람은 거의 없
었으며, 관심을 가졌던 일부 비평가들조차 기존의 비평을 그
대로 믿어 버리고 헤밍웨이의 작품에 나오는 여성인물들을
부정적으로 보았다[쟈넷 린 피어슨(Janet Lynn Pearson) 260].
다만 보부아르(Simone De Beauvoir)가 헤밍웨이의 작품에 나오
는 여성들을 남성과 대등하고 신빙성이 있으며, 진실하다고
보고 린다 와그너(Linda Wagner), 조이스 웩슬러(Joyce Wexler)
등만이 그 여성들을 긍정적으로 보았을 뿐이었다.

1964년의 『움직이는 축제(*A Moveable Feast*)』를 시작으로 1970년과 1986년에 각각 『해류 속의 섬들(*Islands in the Stream*)』과 『에덴동산(*The Garden of Eden*)』 등이 발간되자 그 이전까지의 남성 신화에 가려졌던 작가의 새로운 모습들이 드러나기 시작했고, 여성인물들에 대한 기존의 비평들에 관해 재검토해야 할 필요성이 제기되었다. 이때 나타난 헤밍웨이의 새로운 면모는 인간유대에 대한 적극적인 관심, 남녀의 성역할에 대한 전통적인 관점의 변화, 예술적인 시각 등이다. 순종적이라거나 부도덕하고 파괴적이라는 비평을 받아 왔던 여주인공들 중에는 자신의 주장이 매우 강한 여성들도 있고 성적으로 매우 개방적인 여성들도 포함되어 있다. 이렇게 본다면, 분명히 헤밍웨이 작품 속의 여주인공들을 새로운 각도에서 조명해 볼 필요가 있고, 또 그들을 뚜렷한 개성과 자아를 지니고 있는 주체적 인물로 재조명할 필요가 있다.

2. 선행연구 검토 및 연구방법

전기 작가인 제프리 마이어스(Jeffery Meyers)는 "헤밍웨이는 생동적인 이미지를 계발하고 부친의 존재를 재창조하기 위하여 자신의 약한 면을 억제했다"(298)고 주장함으로써 헤밍웨이에 대한 새로운 시각을 제시했다. 존 리번(John Raeburn)은 "헤밍웨이는 남성의 규범(code)에 어긋나지 않기를 바라는 많은 청중을 즐겁게 하기 위하여 자신의 약한 면을 고의적으로 감추었다"(156)고 말했다. 또 어떤 비평가들은 『에덴동산』이 이제까지 유지되어 온 헤밍웨이에 대한 비평적 관점의 많은 부분을 수정하게 해 줄 것이라는 예언을 하기도 했다. 이러한 새로운 비평들은 전에는 알려지지 않았던 헤밍웨이의 사상을 밝혀 주어, 편향된 남성 신화와 여성인물에 대한 기존의 비평들을 재검토할 필요성을 제기했지만, 대체로 작품을 희생시켜 인생을 과장하는 경향이 있었다. 헤밍웨이 비평 가운데 아직도 논란이 계속되고 있는 주제는 여성인물에 대한 해석이다. 가장 일반화된 비평은 그들을 단순하거나 세상에는 존재할 것 같지 않은 여성으로 해석하고, '여신들(goddesses)'이나 '암캐들(bitches)' 등으로 부르는 것이었다. 그러나 헤밍웨이의 여성인물들을 이런 식으로 보는 것은 모든 비평가들의 한결같은 관점이 아니다. 실제 비평들을 정독해 보면 헤밍웨이의 여성인물에 대한 견해와 해석이 매우 다양하다는 것을 알 수 있다.

헤밍웨이의 작품에 등장하는 여성들에 대한 비평적인 해석들을 시대별로 고찰해 보면 다음과 같다. 헤밍웨이에 대한 비평이 처음 나오기 시작한 1920년대의 비평가들은 그의 작품과 그 속에 등장하는 남성과 여성에 대해 대체적으로 우호적인 평가를 했다. 특히 폴 로젠펠드(Paul Rosenfeld)는 헤밍웨이가 남녀 간 사랑의 복잡한 성격과 즐거움을 이해한 작가임을 표명한 바 있다(로젠펠드 23). 1930년대의 비평가들은 여성들에 대한 헤밍웨이의 적대감을 지적하고 이를 비평의 주된 근거로 삼았다. 이 시대를 대표하는 비평가인 에드먼드 윌슨(Edmund Wilson)은 헤밍웨이의 '여성에 대한 적대감이 확대되고 있음'을 언급했는데, 이러한 해석은 이후 헤밍웨이의 작품에 등장하는 여성들에 대한 비평에 끊임없이 반영되었다. 1940년대에도 헤밍웨이의 여성에 대한 부정적인 비평이 주류를 이루었다. 이 시기의 대표적인 비평가 말콤 카울리(Malcom Cowley)는 헤밍웨이의 여성들을 단순하게 일반화시켜 여성들에 대한 해석의 폭을 더욱 좁혔다. 헤밍웨이의 여성들에 대한 최초의 본격적인 연구는 1950년대 초반에 나온 테오도르 베르닥크(Theodore Bardacke)의 『헤밍웨이의 여성(*Hemingway's Women*)』에서 볼 수 있는데, 그는 여기서 "작가의 성과 사랑에 대한 전반적인 태도 때문에 남자주인공들은 무시되어야만 한다"(테오도르 베르닥크 340)고 언급했다. 그는 헤밍웨이의 여성들에 대한 기존의 비평적 틀에서 벗어나지 못하고 상투적

인 표현을 많이 썼지만, 여성들을 그 연구 주제로 선정하여
그들의 중요성을 인정했다.

또한 이 시기에 베이커나 필립 영이 헤밍웨이에 대한 단행
본 비평서를 냈는데, 이는 일반적인 헤밍웨이 비평의 전환점
이 되었다. 베이커는 『헤밍웨이: 예술가로서의 작가(*Hemingway:
The Writer as Artist*)』에서 헤밍웨이가 남녀관계를 여성적인 관
점에서 묘사한다는 것을 처음 주장했다. 한편 영은 헤밍웨이
의 어머니에 대한 증오감이 여성인물들의 창조에 영향을 미
쳐 그의 작품에 등장하는 여성들은 "사악하고, 파괴적인 여
성들로 묘사되어 있다"(137)고 말했다. 베르닥크와 베이커가
선구자적인 역할을 했지만, 여성인물들에 대한 새로운 태도
는 좀처럼 나타나지 않는다. 1960년대의 페미니스트 비평가
들은 헤밍웨이가 여성들에 대해 적대감을 가지고 있다는 종
래의 평가를 되풀이하는 정도에 그쳤다(193). 레슬리 피들러
(Lesile Fiedler)는 『미국 소설 속에 나타난 사랑과 죽음(*Love and
Death in The American Novel*)』에서 헤밍웨이의 작품에는 여성들
이 없다고까지 주장했다(피들러 316). 1970년대에 들어서면서
몇몇 비평가들은 여성인물들에 대한 기존의 해석에 의심을
품고 새로운 관점에서 연구할 필요가 있다고 느꼈지만, 이렇
다 할 비평은 나오지 않았다. 그러던 중 데버러 피셔(Deborah
Fisher)는 헤밍웨이의 여성인물들이 기존의 비평가들이 보고
있는 것보다 더 많은 인간적인 깊이와 신빙성을 가지고 있는

것으로 보았다. 피셔는 특히 그들의 성에 대한 독립적인 태도가 현저하다는 것을 인식했다(피셔 36). 1980년대는 헤밍웨이의 여성인물에 대한 관심이 고조되고 그동안의 단편적인 연구가 축적되어 새로운 시각들이 나타난 시기이다. 유고집들에 대한 연구가 본격적으로 시작되었고, 신진 비평가들이 헤밍웨이의 숨겨진 정신 영역에 대한 분석을 시도하여 작가의 여성에 대한 외면적인 태도의 허실을 탐구했다.

앞에서 논의한 바와 같이 헤밍웨이의 작품에 나오는 여성들에 대한 비평적 태도는 시대별로 변화했지만, 부정적인 비평이 주류를 형성했다. 여성들을 긍정적으로 인식한 비평가들도 그들을 개별적으로 다른 등장인물들과의 관계나 그들이 살고 있는 세계 속에서 보기보다는 한데 묶어서 개괄적으로 관찰했다. 그러나 헤밍웨이의 작품에 등장하는 여성인물들을 잘 살펴보면, 그의 여성들에 대한 견해가 그가 살던 시대에 비해 매우 진보적인 것이었다는 사실을 알 수 있다. 거트루드 스타인(Gertrude Stein)은 헤밍웨이의 작품에 등장하는 여성들이 충분히 인정받지 못한 이유를 언급하면서, 예술가의 작품이 혁신적이면 그만큼 인정받기가 어려운데, 그 이유는 동시대의 독자들이 예술이나 문학을 진정으로 이해하는 데에는 40년 정도의 시간이 필요하기 때문이라고 주장했다(거트루드 스타인 151). '순종'적이라고 비평을 받던 여성들도 다시 연구해 보면, 그중에는 오늘날의 기준으로 보더라도 자기주장이 매우 강한 여성들도 있고 성적으로 매우 개방된 여성들도 포함되어 있다.

본서는 헤밍웨이의 작품에 나오는 여성인물들을 새로운 각도에서 접근하여 그들이 개성을 가진 주체적인 인간으로 작품에 등장하고 있음을 규명하는 동시에 작품 속에서 그들의 역할을 고찰하는 것이다. 다시 말하면, 많은 헤밍웨이의 여성인물들이 기존의 비평가들이 주장하는 것처럼 단순하지 않고, 복잡한 개성과 뚜렷한 자아를 가지고 있는 '다양한 성격(variety character)'의 소유자들임을 규명하고자 한다. 헤밍웨이의 그의 대표작이라고 할 수 있는 『해는 또다시 떠오른다(The Sun Also Rises)』의 브렛 애슐리, 『무기여 잘 있거라(A Farewell to Arms)』의 캐서린 바아클리, 『누구를 위하여 종은 울리나(For Whom the Bell Tolls)』의 마리아, 그리고 『에덴동산』의 캐서린 힐(Catherine Hill)을 각각 남성화된 여성, 뇌쇄적(惱殺的)인 여성, 양성화(兩性化)된 이상적인 여성, 자기중심적인(ego centric) 여성으로 분류하여 이들로부터 찾을 수 있는 여성인물들의 성격을 새로운 측면에서 규명해 볼 것이다.

제Ⅱ장에서는 헤밍웨이의 여성관이 그의 삶 속에서 어떠한 방식으로 형성되었으며, 작품에 어떤 영향을 주게 되는지를 살펴볼 것이다.

제Ⅲ장에서는 헤밍웨이의 대표작인 『해는 또다시 떠오른다』와 『무기여 잘 있거라』, 『누구를 위하여 종은 울리나』, 그리고 유고집인 『에덴동산』에 나타난 여주인공들을 분석해 보고, 여성인물들이 주로 남성과의 사랑 속에서 묘사되기 때문에 남성인물에 대하여 행하는 사랑의 태도와 심리를 살펴보고 그에 대한 남성인물의 반응을 연구대상으로 삼을 것이다.

제IV장 맺음말에서는 작가의 성격과 환경, 그리고 주변 여성들 간의 인간관계를 통해서 헤밍웨이가 작품 속에서 구현하려고 했던 여성들이 어떠한 과정을 통해 표출되었는지에 대한 결론을 내릴 것이다.

제2장

헤밍웨이의 여성관 형성배경

　헤밍웨이에 대한 연구는 전기적 해석이 대다수를 차지한다. 그의 소설은 실제 경험을 바탕으로 한 것으로, 작품 속의 인물들은 작가의 창조성에 의해 만들어진 것이 아니라, 자신의 삶 속에 나타났던 인물들을 끌어 쓰기도 하고 실제 인물에 대한 지식과 이해의 경험에 의해서 만들어 낸 것이라고 헤밍웨이 자신이 말하고 있기 때문이다(조지 플림프턴(George Plimpton) 33). 이렇게 볼 때, 작품을 분석하기에 앞서 헤밍웨이의 전기적 사실들을 고찰해 보는 것은 그의 여성상을 이해하는 데 큰 의의가 있다고 생각된다.

　헤밍웨이는 의사인 아버지와 성악가인 어머니 사이에서 태어났다. 헤밍웨이의 성격을 구성하는 요소로는 야성적인 핏줄의 부계와 예술적인 핏줄의 모계를 들 수 있다. 낚시와 사냥을 즐기고 모험과 방랑을 좋아하여 유럽, 아프리카, 중국 등을 여행한 그의 성격은 야성적인 부계에 의한 것이고, 소설가로서의 예술적 자질은 그의 모계에서 연유한 것이라고 볼 수 있다. 이와 같은 두 가문의 상반된 기질, 즉 부계의 방랑성과 행동성, 그리고 모계의 예술적 기질 속에서 헤밍웨이가 성장하였고 이러한 양면성이 교차, 혼합되면서 그의 문학 작품에 반영되어 다양한 성격의 여성인물로 묘사된다. 헤밍웨이의 작품 속에서 이런 여성관이 형성된 배경은 첫 번째로, 어머니 그레이스 홀(Grace Hall)과 아버지 클래런스 헤밍웨이(Clarence Hemingway)의 비정상적인 부부관계이다. 결혼 당시 이 부부는 아내인 그레이스의 수입이 월등해서 가정의 주도권은 모친인 그레이스에게 있었다. 몸집이 건장하며 옥외 활동을 즐긴 부친이었지만 경제적인 면으로 인해 어머니인 그레이스가 주도하는 삶을 살 수밖에 없었다. 이런 사실은 헤밍웨이의 가정이 전통적인 개념의 남녀관계가 어느 정도 전도된 '모 가장적인 가정'이었다는 것을 짐작케 한다. 헤밍웨이의 소년 시절은 표면적으로는 정상적이고 행복하였으나, 사실은 가정생활이 그렇게 평온하지 못하였다. 가계를 이끌었던 어머니 그레이스는 가능한 한 가사를 등한시했고, 자연스럽게 가사는 부친인 클래런스가 전담하다시피 하였다. 이런 분위기 속에서 그의 부모는 심하게 다투곤 하였는데, 주로 돈과 자녀들의 양육에 관한 문제였다. 오페라 가수가 되고자 하였던 꿈이 좌절된 어머니는 일상생활 속에서도 문화와 교양을 추구하면서 만사를 고상하게 만들고자 하였다. 그녀는 19세기 뉴잉글랜드 중산계급의 고상한 전통을 가정생활에서 재현하고자 집착하는 가운데 가정이 가져야만 할 활력을 배제했다. 이러한 상황 속에서 아버지 클래런스는 과학탐구와 수집에 열을 올리고 수렵이나 낚시 등 야외생활을 추구하면서 무미건조한 가정생활로부터 탈출구를 모색하였다.

유년 시절의 헤밍웨이는 점차 어머니에 대한 환멸감을 갖게 되었고, 이것은 모자의 관계를 소원하게 만들었다. 그리고 아버지가 자살한 이후, 이 모자관계는 더욱 악화되었다. 클래런스와 그레이스의 부부관계에 있어서 주도권은 또한 그들의 장남이 태어났을 때 상징적으로 드러났는데, 그레이스는 장남을 친정아버지 어니스트 홀(Ernest Hall)과 오빠인 밀러 홀(Miller Hall)의 이름을 따서 Ernest Miller Hall이라 불렀다. 몽고메리(Constance Cappel Montgomery)는 그의 저서 『미시간에서의 헤밍웨이(*Hemingway in Michigan*)』에서 헤밍웨이의 어머니에 대해 "그레이스는 당시의 상·중류층 여인들의 규범과는 다른 면이 있었고, 세상 사람들에게도 그녀가 자신의 남편에게 떠넘긴 역할의 전도 등은 가정불화의 문제점으로 보이게 된다"(몽고메리 87)고 말했다. 전기 작가인 찰스 펜톤(Charles Fenton)뿐만 아니라, 레스터 헤밍웨이도 『나의 형 헤밍웨이(*My Brother Ernest Hemingway*)』에서 불행했던 형의 소년 시절을 다음과 같이 회고하였다.

> 형은 10대에 곧잘 집에서 멀리 떨어진 노천에서 잠을 자곤
> 했다…… 일리노이 강변과 위스콘신주의 쮀리히 호까지 밤
> 을 새워가며 도보여행을 했던일을 형은 내게 말하곤 했다(32).

> 형은 춤을 출 수가 없었고 좋아하지도 않았다. 그는 가까
> 이 있는 친구에게만 이야기를 한 후 잠시 집에서 사라져
> 버리곤 했다(131).

이와 같은 회고를 통해서 헤밍웨이의 10대 시절의 불행했던 순간들을 짐작할 수 있다. 하지만 그는 "작가로서 가장 훌륭한 훈련은 불행했던 소년 시절이었다"(298)라는 고백을 할 정도로 이 시기는 그에게 창작 활동의 한 원천이 되었다. 이 시기의 체험을 작품화한 것으로 보이는 세 편의 작품이 있다. 「권투선수(The Battler)」, 「살인자들(The Killers)」, 「이 세상의 광명(The Light of the World)」 등이 그것이다. 전기 작가인 커트 싱거(Kurt Singer), 밀트 머츨린(Milt Machlin) 등에 의하면 헤밍웨이는 13세라는 어린 몸으로 인디언 소녀를 통하여 성(sex)을 경험하였고, 열 살의 나이에 담배 맛을 알게 된다. 실연도, 사랑의 쓰라림도 경험했다는 것이다. 이때의 경험을 통해서 헤밍웨이는 작가 생활에 중요한 요소가 되는 폭력과 음주와 성행위의 개안(initiation)을 하게 된다. 하나의 인간이 나올 때의 고통과 죽음을 비로소 배운 것이다. 이 중요한 체험

은 곧 그대로 「인디언 부락(Indian Camp)」에 그려져 있다. 이 작품에 등장하는 아버지는 헤밍웨이의 아버지이고, 피서차와 있던 조지 삼촌은 이름 그대로 등장인물로 나와 있고, 닉 애덤스는 그대로 헤밍웨이의 분신이라고 할 수 있다[해럴드 블룸(Harold Bloom) 102]. 「인디언 부락」은 전형적인 자아성장의 이야기로서 인생에 대한 경험이 전혀 없는 어린 소년 닉이 성장과정에서 폭력적이고 사악한 사건을 경험하고 깨달음에 이르는 과정을 그리고 있는데, 헤밍웨이는 닉의 반응을 통해 우리 시대의 현실을 보여 주려고 한 것이다.

원래 헤밍웨이가 소설에서 다루는 제재들은 주로 사냥, 투우, 낚시, 전쟁 등 남성적이라고 일컬을 수 있는 것이고, 남자 주인공들의 모습은 '영웅적 패러다임'을 따르고 있다. 「인디언 부락」에서 백인 의사는 열악한 상황에서 의료행위를 성공적으로 행함으로써 남성성의 상징이 되고 있다. 하지만 이 작품에서 중요한 점은 인디언 남편은 남성이면서 여성성을 상징하고 있다는 것이다. 그는 여성성의 특징이라 할 수 있는 소외를 겪고 있다. 도끼에 발을 찍힌 상처 때문에 움직이지 못하는 인디언 남편은 백인 의사가 문화적 우월성을 과시하고 있는 동안 주변부에 소외된 상태로 침묵할 뿐이다. 그는 아버지로서, 가장으로서의 역할을 전혀 못 하고 있을 뿐만 아니라, 다른 인디언 남자들과는 달리 인디언 여성들과의 유사점을 보여 주고 있다[스콧 도널드슨(Scott Donaldson) 56]. 먼저, 인디언 아버지는 아버지로서의 역할을 위협받고 있다. 그는 태어나는 아이에게 생명과 의식을 가져다주어야 한다는 아버지로서의 전통적인 역할을 전혀 행할 수 없다. 오히려 백인 의사가 그 역할을 빼앗아 행하고 있는 실정이다. 백인 의사는 의학적 전문기술을 펼쳐 보이고 있는 반면에, 인디언은 문화적 무능력, 미개함을 내포하면서 동시에 백인 의사의 우월감을 표출하고 있는 것이다. 또한 인디언 아버지의 여성성은 그가 다른 인디언 여성들과 함께 아내의 출산에 참여하고 있다는 점이다. 원래 닉과 아버지가 아이를 분만하려는 인디언 여인의 집에 도착할 때 "나이 든 여성들은 모두 출산하려고 하는 여인을 돕고 있었고, 남자들은 길가에 나와 어둠 속에 앉아 여인의 비명소리가 들리지 않는 곳에서 담배를 피우고 있었다."(16) 여기에서 인디언 아버지가 파이프 담배를 피우 것은 길가에 나가 있는 다른 인디언 남자들과의 동질성을 보인다. 그러나 인디언 아버지의 현재 상태는 아버지의 역할을 전혀 못 하고 있을 뿐만 아니라, 남성들은 전혀 참여하지 않는 출산에 공간적으로 함께하고 있으므로 그는 여성의 역할에 상징적으로 참여하고 있는 셈이다. 원래 헤밍웨이의 작품에서 남성들을 양성화 혹은 여성화시키는 주요 동기(motif)는 '부상'에 의해서이다. 피터 슈웬거(Peter Schwenger)는 남성 인물의 부상이 남성 안에서의 여성적 요소를 강화시킨다고 다음과 같이 주장했다.

남성이 부상당한 상태는 인습적이고 사회적인 성의 역할로부터 도피의 장이 된다. 이때 남성은 어떠한 힘도 가지고 있지 못할 뿐만 아니라, 어떠한 역할도 하지 못하는 결여의 상태가 된다. 그는 마치 수동적인 여성화의 길을 걸을 수밖에 없게 된다. 그는 오히려 여성인 타자와의 감정몰입이 가능해지며, 이성적 자제력마저 상실하게 된다.『해는 또다시 떠오른다』와『무기여 잘 있거라』에서 남자주인공들은 부상을 입고 여성화의 길에 들어선다. 남자주인공들은 역사의 현실과 로맨스라는 대조적인 영역 사이에서 갈등을 겪는다.『무기여 잘 있거라』에서 남성이 역사의 현장에서 싸우는 군인이라는 현실을 외면하고, 여성적 감정에 몰입하는 것은 남성 정체성(male identity)의 위협이 된다[『남근숭배에 대한 비평(*Phallic Critiques*)』 137].

이러한 경험을 바탕으로 헤밍웨이는 그의 단편인 「아버지와 아들(Fathers and Sons)」, 「어떤 것의 종말(The End of Something)」, 「10인의 인디언(Ten Indians)」, 「사흘 동안의 폭풍(The Three—Day Blow)」 등에서 성, 음주, 흡연, 폭력을 체험한 것으로 묘사된다. 이러한 작중 인물들은 전기 작가들이 지적하는 실제 사실과 일치되고 있다. 이런 견지에서 볼 때, 어린 시절에 체험한 일들이 헤밍웨이의 여성관에 커다란 영향을 끼쳤다는 것을 그의 분신이라고 할 수 있는 닉을 통해서 알 수가 있다. 그리고 감수성이 예민하였던 그의 어린 시절에 가장 강렬한 인상을 준 여성은 모친인 그레이스라고 할 수 있는데, 그레이스의 모습이 그의 작품 활동뿐만 아니라 그의 여성관에도 영향을 끼쳤다는 것은 「의사와 그의 아내」 그리고 「프랜시스

매코머의 짧고 행복한 생애」 등과 같은 작품을 통해서 반증
이 될 수 있다. 모계 중심의 가정 분위기 속에서 성장한 헤밍
웨이의 눈에 비친 「의사와 그의 아내」의 마아곳과 같은 타입
의 자아가 강한 여성을 낳게 하였으며, 그의 어머니상은 헤밍
웨이가 지니게 되는 여성관의 시초가 된다. 그런 이유로 이러
한 자아가 강한 타입의 여성을 헤밍웨이는 가장 싫어하고 증
오하는 여성으로 그리고 있다. 이러한 헤밍웨이의 전기적 사
건들이 그대로 그의 소설에 반영되었음을 필립 영은 다음과
같이 지적하였다.

> 헤밍웨이에게 있어서 여자는 결코 안락함을 제공해 주거
> 나 구원의 가능성을 시사해 주는 존재가 되지 못했을 뿐
> 아니라, 심지어는 주인공의 예술세계를 위협하는 파괴적
> 인 존재이기도 했다. 이런 이유 때문에 헤밍웨이는 페미
> 니스트 비평가들로부터 많은 비난을 받아 왔다. 작가의
> 재능을 망치는 부(wealth)와 안락함의 상징으로서의 여자
> 에 대한 헤밍웨이의 주인공들의 강박관념(compulsion idea)
> 은 곧 헤밍웨이 자신의 강박관념에서 비롯된 것이다. 이
> 것은 헤밍웨이가 어린 시절에 자아가 강하고 아집에 가득
> 찬 전형적인 미국여성인 어머니를 보면서 성장하였기 때
> 문에 그런 여성에 대한 혐오 및 증오심이 그의 작품 속에
> 서의 여성인물 창출에 영향을 끼쳤다[『어니스트 헤밍웨
> 이: 재고찰(Ernest Hemingway: A Reconsideration)』 233].

　　필립 영의 주장에 의하면 가부장적인 권위의 아버지와 억
압받는 어머니 사이에서 태어난 딸들이 성장하여 결혼하게

되면 '여가장적인 가정'(matriarchy)을 이끌어 가듯이, 헤밍웨이에게 있어서는 어머니와 아버지의 관계에 대한 반동으로 철저하게 순종적인 여성을 이상으로 여기게 됐던 것이라고 볼 수 있다. 이러한 점에서 헤밍웨이는『누구를 위하여 종은 울리나』에서 로버트 조단(Robert Jordan)을 위해서는 무엇이든지 할 수 있고, 착한 아내가 되어 인내로서 부족한 소양을 기르고, 남편이 어디를 가든 따르고, 또한 남편의 나라에 가서는 그 나라의 신부학교 같은 곳에 가서라도 예의범절을 열심히 배워 순종적인 여성이 되겠다는 마리아와 같은 여성을 이상적인 여성으로 창조하게 된다. 자신과 결혼한 여성들에게도 이런 점이 고려되었음은 물론이다. 그는 평생 세 번 이혼을 하고 네 번에 걸친 결혼을 한다. 이와 같이 불행했던 결혼생활 때문에 그는 완전히 순종적이며 헌신적인 여성을 이상형으로 제시하고, 반면에 독선적이고 자아가 강한 여성을 가장 혐오하는 여인상으로 생각했던 것이다.

1928년 12월 6일 클래런스 헤밍웨이는 총으로 자살하게 된다. 이러한 자살에 대해 헤밍웨이의 동생인 레스터 헤밍웨이(Leicester Hemingway)는 부친의 자살 동기가 플로리다(Florida) 주의 토지에 투자했던 자금을 시세 차이로 모두 잃은 데다 지병인 당뇨병의 악화에 있다고 했지만, 더 큰 문제는 부부관계의 불화가 그의 자살을 재촉하는 요인이었다는 점도 생각지 않을 수 없다. 이와 같은 가정 내에서의 어머니의 역할과 부친의 비극은 장남인 어니스트에게도 비극이었을 것이고 당연히 그의 인생관 및 여성관에 영향을 미치게 되었을 것이다.

헤밍웨이의 여성관 형성의 두 번째 요인으로는, 헤밍웨이의 결혼생활을 들 수 있다. 그는 평생 세 번 이혼을 하고 네 번에 걸친 결혼을 한다. 1921년 그는 첫 번째 부인인 해들리 리처드슨(Hadley Richardson)을 만나게 된다. 헤밍웨이는 해들리와의 첫 만남에 대해서 동생 레스터에게 "그녀가 방에 들어선 순간 강렬한 감정이 나에게 엄습해 왔어, 나는 그녀야말로 내가 장차 결혼할 여자라는 것을 알았지."(레스터 헤밍웨이 198)라고 언급했다. 여기서 '강렬한 감정'은 첫눈에 반했다는 표현이기도 하다. 해들리와의 결혼을 결심한 그는 자신의 예술적인 욕망을 충족시키기 위해서 파리로 떠날 것을 결심한다. 그러던 중 헤밍웨이는 스타(Star)지의 파리 특파원으로 선발되어 파리로 떠나게 된다. 거기서 그는 거트루드 스타인을 만나고 에즈라 파운드(Ezra Pound)를 만난 후 북이탈리아로 해들리와 도보여행을 떠나게 된다. 파리에 근거지를 두고 여행을 다닌 이때의 경험이 작품 속의 닉 아담스의 여행지와 일치한다. 그 후 헤밍웨이는 투우 순례여행을 떠나는데 당시 인기 투우사인 니카노 비얄타(Nicanor Villalta)의 투우 장면을 보고서 열광하게 된다. 특히 헤밍웨이는 『우리들의 시대에』에 수록된 단편 「끝없는 눈(Cross-Country Snow)」에서 비얄타의 싸우는 모습을 묘사하기도 한다. 이러한 과정에서 헤밍웨이와 해들리는 불화가 생기게 되는데, 그리스와 터키 사이의 전쟁을 취재하라는 스타지의 전보를 받고서 떠나야 하는 헤밍웨이를 반대하는 해들리는 여행에서 문학의 생명력을 찾는 그에게는 장애물이 될 수밖에 없었다. 또한 나름대로 완고한 '여필종부'의 여성관이 형성되어 있던 헤밍웨이에게 해들리는 자아가 강한 어머니 그레이스와 같은 여성으로 비쳤던 것이다.

또한 1922년 10월 말 해들리에게 돌아왔을 때 밀라노(Milano) 병원에서 알게 된 아그네스 폰 커로우스키의 편지로 인해 이들 부부간의 불화는 더욱 심각해진다. 아그네스에게 흠뻑 빠졌던 헤밍웨이는 그녀에게 청혼을 하게 되지만 거절의 편지를 받게 된다. 아그네스로부터의 실연은 헤밍웨이의 초기 작품이 허무주의적인 성격을 갖게 된 요인이 되기도 한다. 헤밍웨이는 해들리 리처드슨과 결혼한 후에도 아그네스와 행복했던 시절을 회상하곤 하면서 아그네스에게 '당신은 참으로 훌륭한 사람'이라고 하는 애절한 편지를 띄울 정도로 그녀를 마음속 깊이 사랑하게 된다. 이런 상황으로 볼 때 아그네스는 헤밍웨이가 바라던 가장 이상적인 여성이었음에 틀림없다. 헤밍웨이는 해들리와 결혼한 후 이런 불화들을 개선하기 위해 동반여행을 떠나기도 했지만, 해들리는 남편 헤밍웨이의 지나친 방랑벽, 경제적인 어려움, 언제 성공할지도 모를 문학에의 애매한 길 등과 같은 이유를 내세워 이혼을 요구한다.

결국 그는 ‘처자불법유기죄(desertion)’라는 명목으로 1927년 이혼당하게 된다. 해들리와 이혼을 한 헤밍웨이는 파리의『보그』(*Vogue*) 잡지사에서 근무하는 부유한 패션작가인 폴린 파이퍼(Pauline Pfeiffer)와 두 번째 결혼을 하게 된다. 그의 가족과 폴린의 첫 만남에 대해서 레스터는 다음과 같이 전한다.

> 그들(부모)은 폴린 형수를 만났는데 그녀는 매우 훌륭한 여성이어서 그녀와 이야기를 나눈 사람이면 모두가 그녀를 좋아했다. 우리 부모님도 또한 예외는 아니었다(106).

시카고에 있는 오우크파크의 중·상류층의 보수적인 사람들인 헤밍웨이의 부모들이 그녀를 ‘훌륭한 여성’이라고 표현한 것은 전통적인 의미로 순종하며 남편을 따르는 현숙한 여자를 지칭한다고 짐작할 수 있다. 그러나 헤밍웨이는 1940년, 폴린 파이퍼와도 ‘처자 불법유기’라는 똑같은 명목으로 이혼당하게 된다. 이때는 헤밍웨이도 작가적 명성이 확고하게 굳어진 때이고 경제적인 어려움도 없던 때였다. 둘 사이에 금이가기 시작했던 것은, 헤밍웨이가 제1차 아프리카 여행을 아내 동반으로 끝마치고 돌아온 후, 1934년 필라(Pilar)호를 만들어 가지고 해양 낚시질에 몰두했던 때이다. 폴린은 아내와 가족을 전혀 무시한 남편의 처사에 참다못해 남편에 대한 불평을 하기 시작한다. 레스터에 의하면 헤밍웨이가 이혼한 세 아내 중 폴린만은 가장 가정적이며, 이지적이고, 남편에게 헌신

적인 아내였으며, 끝까지 멀어진 남편의 마음을 돌려 보려고
무진 애를 썼다는 것이다. 그러나 헤밍웨이는 일단 자신의 신
념에 대해서 아내의 간섭을 받게 되면 이를 참을 수 없어 했
다. 말하자면 헤밍웨이는 아내가 자신에게 '절대복종'하기만
을 요구했다. 그는 자신의 생각과 판단을 아내가 묵묵히 따라
주기만을 원했으며 가부장적인 권위만을 내세웠던 것이다.

커트 싱거의 견해를 들어 보면 폴린이 남편에 대해서 불평
을 하게 된 원인으로 두 가지를 들고 있는데, 그중 한 가지는
물결처럼 쉴 사이 없이 밀려드는 방문객 때문에 골머리를 앓
았다는 것이다. 또 한 가지 원인으로는 스페인 내란이 발발한
후 헤밍웨이가 스페인 여행으로 인해 가정을 돌보지 않은 점
에 대한 폴린의 불만을 들 수 있는데, 이러한 점들이 헤밍웨
이의 반감을 사게 되어 폴린에 대한 헤밍웨이의 결정적 이혼
사유가 된다.

> 헤밍웨이가 키이웨스트(Key West)로 돌아왔을 때, 그는 연
> 상 투덜거리며 무엇에서든지 불평을 터트렸다. 민주주의
> 가 모든 이야깃거리였고, 그의 생활은 놀라우리만큼 평온
> 했지만 폴린은 이방인과도 같은 존재였다. 1940년에 결혼
> 은 막을 내렸다. 헤밍웨이는 또다시 남편으로서 실패했으
> 며, 그때부터 벌써 목숨을 잃은 거나 마찬가지인 폴린은
> 남편에게 낚시동무가, 아이들에게는 어머니가, 비서, 권투
> 에 관한 권위자, 고문, 뉴욕에서 찾아온 손님들에게는 매
> 력적인 여주인, 남편의 술친구들에겐 '접대부'가 될 수 없
> 음을 깨닫게 된다(132).

헤밍웨이에게 아무리 '여필종부'한 여자라도 그의 비위를 맞추기엔 역부족이었다. 헤밍웨이는 결국 폴린과 이혼하게 된다. 폴린과 이혼한 직후 그 달로 헤밍웨이는 마아사 겔혼(Martha Gelhorn)과 결혼하게 된다. 마아사는 그전에 키이웨스트로 기사를 얻으러 온 적이 있어서 안면이 있는 사이였고, 1937년 가을 마드리드(Madrid)로 콜리어(*Collier's*)지의 특파원으로서 나타난 그녀와 재회하게 된다. 말콤 카울리는 당시의 헤밍웨이가 사랑에 빠지는 모습을 "거목(巨木)이 쓰러지는 것처럼 급격한 사랑에 빠진 모양 같다"(182)고 묘사했다. 마아사에게 이렇게 거목이 쓰러지는 것처럼 반한 것도 폴린과의 이혼사유 중의 하나였지만, 그 직접적인 요인은 폴린의 건강이었다. 폴린은 더 이상 출산할 수 없었고, 그녀의 출산 중단은 헤밍웨이에게 있어서 성생활의 중단을 의미하는 것이 되었고, 이 점은 또한 결혼생활을 더 이상 지속할 수 없음을 의미하기도 했다. 이런 이유로 헤밍웨이는 그의 세 번째 아내인 마아사 겔혼과 결혼하게 되는데, 그녀 또한 헤밍웨이에게 맞는 여성은 아니었다. 마아사는 전통적이고 가정적인 여성이라기보다는 자신의 일에 신념과 능력을 앞세우는 여자였다. 당연히 헤밍웨이는 이를 수용할 수 없었다. 이런 점은 로버트 스콜스(Robert Scholes)의 견해를 보면 분명해진다.

헤밍웨이는 마아사의 외모에 끌렸는데, 그녀는 다리가 길

고, 금발이었으며 대단히 매력적이었다. 또한 그녀는 모험
을 즐기고, 지성적이며, 자신의 작품을 진지하게 쓰는 능력
있고 재능 있는 작가였다. 그러나 이런 점은 헤밍웨이에겐
견디기 어려운 노릇이었다『헤밍웨이의 성별(*Hemingway's
Gender*)』 162].

마아사는 당시 상황으로 보아 상당히 진보적인 여성이다.
그러나 그녀의 이런 면은 자기주장이 강한 여성에 대한 반감
을 가진 헤밍웨이와 충돌을 일으켰을 것이고, 그것은 결혼 생
활을 불안하게 하는 원인으로 작용했다고 볼 수 있다. 이러한
이유로 헤밍웨이는 마아사와도 1945년 12월 이혼하게 된다.
그의 세 번째 아내인 마아사가 제소한 이혼사유 역시 '처자
불법유기'로 되어 있다. 그렇지만 그의 전기를 읽어 보게 되
면 오히려 헤밍웨이 측에서 '남편불법유기'를 이유로 이혼소
송을 제소해야 마땅할 그러한 여자였던 것으로 보인다. 그녀
는 방랑벽이 남편 이상으로 심한 여자였고, 폴린을 버리고 헤
밍웨이의 이상적인 여인으로 맞아들이기에는 너무나 요부(妖
婦)와도 같은 여성이었다. 동생 레스터가 형수들을 평한 글에
서 이를 알 수 있다.

마아사는 매혹적인 여자였다. 머리가 좋은데다 미인이었
고, 요부와 같은 체격의 소유자였다. 장차 그녀가 내 마음
에 드는 세 번째 형수가 되리라는 데에 나는 기뻤지만 믿
음성이 가고 전적으로 존경심이 가는 것은 처음의 두 형
수였다(267).

　마아사는 처음부터 헤밍웨이의 이상적인 여성이 되기에는 거리가 먼 여자였고, 그 실제 행적을 보더라도 헤밍웨이가 마침내 노골적으로 그녀에 대해 불평을 말할 정도의 여성이었다. 그녀의 부도덕성과 아내로서의 무책임성은 헤밍웨이가 1944년 5월 런던에서 지프차 충돌사건으로 입원하였을 때, 그녀가 취한 행동에서 잘 나타난다.

> 창밖을 내다보면서 형은 슬프고도 조용한 목소리로 이렇게 중얼거렸다. "내가 부상을 입고서 여기서 누워 있는 동안 날 보러 두 번밖에 안 오다니, 세상에 그런 법이 어디 있담, 남의 여편네치고……."(205)

　이때부터 누가 마아사에 관한 안부를 물을 때마다 헤밍웨이는 간단히 이렇게 설명하곤 했다. "그 사람도 여기 있긴 있다네, 하지만 여긴 그 사람의 영역은 아니거든. 그 사람은 지중해가 무대이지."(210) 이와 같은 이유로 인해서 마아사가 1945년 10월에 이혼소송을 제기하자 헤밍웨이는 아무런 항변 없이 기꺼이 이에 동의한다.

> 전쟁이 끝난 직후 마아사 겔혼은 '처자불법유기죄'로 이혼을 제소했다. 헤밍웨이는 이에 항변하지 않았다. 그는 자기가 그렇게 부르기를 좋아했던 '미스 메리', 즉 메리 웰쉬와 함께 핀카 비지아(Finca Vigia)로 돌아가서 신작소설 창작에 착수한다(레스터 헤밍웨이 187).

마아사와 헤밍웨이의 결혼은 두 사람의 성격 면에도 문제점이 드러나 보이지만, 결혼 시 두 사람의 연령은 헤밍웨이가 42세, 마아사가 28세로 볼 때 생리적인 면에서도 역시 붕괴될 요인을 내포하고 있었다. 여기서 관심 있게 지켜볼 일은 이혼한 세 여성과 그 이혼 직후에 나온 소설의 여주인공들과의 관계이다. 이혼 후 쓴 작품들에서 헤밍웨이는 자신의 쓰라린 가슴을 달래 보려는 듯이 작품 속에 자기가 찾는 이상적인 여인상을 그리고 있다.

이와 같은 결혼 파탄에 대한 충격으로 헤밍웨이의 몇몇 단편과 장편에서 이혼으로 인한 고통과 번민, 아울러 이상적인 여인상이 제시되고 있대로버트 펜 워렌(Robert Penn Warren) 181]. 「계절에 뒤늦게(Out of Season)」, 「빗속의 고양이(Cat in the Rain)」, 「엘리엇 부부(Mr. and Mrs. Elliot)」에서는 결혼의 권태를 주제로 하고 있으며, 「끝없는 눈」, 「흰 코끼리와 같은 언덕(Hills Like White Elephants)」에서는 아내의 임신에 대한 충격과 고민을 잘 나타내고 있다. 또한 「이국에서(In Another Country)」, 「바다의 변화(The Sea Change)」, 「독자의 편지(One Readers Writes)」, 「스위스 찬가(Homage to Switzerland)」에서는 공통주제인 이혼이 잘 나타나 있다. 그는 첫 번째 아내인 해들리 리처드슨과 1929년에 이혼한 후, 1929년에 그의 작품『무기여 잘 있거라』에서 심중의 여인상을 그려 본다. 다음으로 두 번째 아내였던 폴린 파이퍼와 이혼한 것이 1940년 11월이고『누구를 위하여 좋은 울리나』가 나온 것이 동년 9월이지만, 두 사람 사이가 벌어지기 시작한 것은 1936년 무렵이고, 이 작품을 쓸 때에는 헤밍웨이로서는 한층 더 이상적인 여인에 대한 동경이 강해졌을 때였다. 마아사 겔혼과의 파탄이 1945년 12월에 이루어진 후, 1950년에는 『강 건너 숲 속으로(*Across the River and Into the Trees*)』에서 레나타를 창조해 내고 있다. 그 후 헤밍웨이의 네 번째 여인인 메리 웰시(Mary Welsh)를 만난 후 나온 작품인 『노인과 바다(*The Old Man and the Sea*)』에서는 더 이상의 이상적인 여인상을 등장시키지 않았다는 점은 이러한 사실을 반증해 주고 있다.

헤밍웨이는 마지막으로 1946년 2월 평생을 함께한 메리 웰시와 결혼하게 된다. 그녀는 콜리어지의 특파원으로 런던에서 마아사와의 불화로 헤밍웨이가 괴로워하던 중 만나서 가까워졌는데, 헤밍웨이와 끝까지 해로(偕老)한 점으로 보아 그녀의 남편에 대한 순종으로 요약될 수 있다. 커트 싱거는 메리 웰시의 이런 점을 다음과 같이 기록하고 있다.

> 그녀는 총명하며, 좋은 교육을 받았고, 타자에 능숙한 숙녀였다. 그녀는 어렵고도 다양한 역할들인 배의 조종사와 아내로서, 연인과 어머니 같은 고해신부로서, 열렬한 팬과 혹독한 여류 낚시 비평가 및 집의 안주인으로서, 비서 및 편집인으로서, 계획 입안자 및 구상가로, 간호사로, 요리사로, 그리고 핀카비지아의 소유지에서는 관리인으로서의 모든 역할을 완벽하게 해내었다(196).

　　헤밍웨이는 그의 어머니로 인해 어린 시절 형성된 자기주장이 강한 여성에 대한 반감 때문에 세 명의 부인들과 이혼을 했지만, 자기희생적이고 순종하는 메리 웰시를 통해서 이상적인 여성에 대한 만족감을 얻게 된다. 세 번의 이혼과 네 번의 결혼에서 헤밍웨이가 요구하는 아내상은, 남성 권위를 바탕으로 한 아내들의 이해와 순종이었다. 이러한 이유로 그는 이전의 아내들에게 절대 순종을 요구했고, 이것이 받아들여지지 않을 때는 이혼을 불사했으며, 자기 주관을 앞세우고 복종하지 않는 여성을 수용하고 인내하지 못했던 것이다.

　　셋째로, 헤밍웨이의 여성상을 규명함에 있어서 살펴보아야 할 또 한 가지 요소는 그의 어머니의 자녀양육방식이다. 1900년 헤밍웨이의 부모는 미시간(Michigan)의 월룬 레이크에 땅을 매입하여 윈드미어(Windmere)라는 별장 한 채를 짓게 된다. 그 이유는 남자아이를 남자답게 그리고 여자아이들을 남자 못지않게 말괄량이처럼 활동적으로 키우려는 계획 때문이었다. 일레인 쇼왈터(Elaine Showalter)는 『그들만의 문학(*A Literature of Their Own*)』에서 "19세기 영국의 여류 소설가들은 권력 및 자유에 대한 그들의 욕구를 전형적인 남자주인공에게 투사하는 경향이 있었다"(쇼왈터 238)고 말했다. 이 점은 헤밍웨이의 어머니 그레이스가 빅토리아조의 여성 소설의 주인공들인 어머니나 아내, 누이들이 항상 남자 주인공들의 남성적인 특성을 가르치는 훈육자로 나타났던 점과 같다.

또 한 가지 간과하지 말아야 할 것은, 어머니 그레이스가 나이가 비슷한 누이 마셀린(Marcelline)과 동생인 헤밍웨이를 키우는 데 있어서, 이 둘을 조화시키면서 '쌍둥이 관계(twinship experiment)'로 키우려고 한 점이다. 헤밍웨이보다 1년 먼저 태어난 누나 마셀린은 어머니 그레이스가 가장 사랑하는 아이였다. 빅토리아조에는 남자아이에게 여자아이 옷을 입히고 머리를 길게 하는 것이 관습이었다. 그레이스는 그녀의 귀여운 아이들을 쌍둥이처럼 보이게 하려는 결심을 했다. 헤밍웨이는 태어난 후 3년 동안 마셀린과 똑같이 보풀이와 레이스가 있고 끈으로 장식된 여아용 옷과, 꽃 장식의 모자를 써야 했고 여아용 스타킹을 신어야 했다. 두 살이 된 아들에게 그레이스는 '못생긴 아가씨'라고 불렀다. 세 살이 되어서도 헤밍웨이는 여전히 누나와 똑같은 옷을 입고 지내야 했다. 몇몇 작가들은 헤밍웨이의 지극히 남자다운 면을 그의 어린 시절 여성스러운 화려한 장식에 연결시키려는 시도를 했다. 헤밍웨이와 마셀린은 한 방에서 하얀 쌍둥이용 침대에 나란히 누워 잠을 잤다. 둘은 똑같이 생긴 인형을 갖고 놀았고, 똑같이 생긴 그릇에 밥을 먹었다. 나중에는 똑같이 바느질하는 법을 배우기도 하였다. 이런 이유로 헤밍웨이는 6살이 되어서야 소년다운 머리를 할 수 있었고, 마셀린은 헤밍웨이와 함께 유치원에 가기 위해서 일 년을 더 기다렸다가 입학해야 했다. 유치원에 입학해서도 마셀린은 헤밍웨이와 똑같이 머리를 짧게 깎아야 했다. 심지어 그레이스는 두 아이를 같은 학년에 넣기 위해 누나인 마셀린을 일 년 동안 학교를 쉬게 하기도 했다. 이것은 그 당시 사회풍속으로서는 어린 마셀린에게 커다란 고통이었는데, 남자처럼 깎은 머리 때문에 겪은 그녀의 고통은 헤밍웨이에게 깊은 인상을 남겼다. 마셀린의 깎은 머리는, 훗날 그의 작품 속의 여인으로 파시스트(Fascist)에게 능욕당한 마리아를 연상케 한다. 또한 짧은 머리는『무기여 잘 있거라』에서 캐서린 바아클리가 남성인물인 프레드릭 헨리처럼 머리를 짧게 자르겠다고 하는 장면을, 그리고『해는 또다시 떠오른다』에서는 브렛 애슐리가 제이크 바안즈(Jake Barnes)처럼 짧게 머리를 자른 모습을 연상케 한다. 또한「마지막 좋은 고장(The Last Good Country)」에서 닉의 누이인 리틀리스(Littless)가 닉을 닮으려고 머리를 깎는 것, 그리고『에덴동산』에서 한 쌍의 부부는 머리를 둘 다 짧게 하고, 다른 한 쌍의 부부는 긴 머리를 한 장면과도 연관 지어 볼 수 있다.

한편 헤밍웨이의 작품을 읽으면서 독자들은 그 소설 속의 주인공들의 죽음을 두려워하지 않는 늠름한 태도나, 고통을 참고 패배를 인정하지 않는 불굴의 투지, 그 남성다운 점, 어려운 역경에 처해서도 유연하게 행동하는 면을 엿볼 수 있다. 그러나 그의 전기를 통해서 보여 주는 인간 헤밍웨이는 항상 심리적으로 불안하고 그 불안으로 고통받는 사람이었으며, 허세가 심하였고 마침내 엽총으로 자신의 목숨을 끊은 정반

대의 인간이었다. 헤밍웨이는 남이 자신을 간섭하는 태도를
보이면 가까운 친구 사이라도 노여워하곤 했다. 큰 이유 없이
화를 내는 일도 빈번하여 많은 친구들이 그를 멀리하게 된다.
하지만 예측할 수 없이 변덕스러운 성격에도 불구하고 도움
을 필요로 하는 친구들에게는 친절하고 관대한 면도 있었다.
다시 말하면, 그는 예측 불허한 성격과 가부장적인 권위를 추
구하는 인간형이었다. 그런가 하면 또 다른 측면에서 그는 수
줍어하고 과민하며 자신감이 결여된 사람이었다. 이러한 면
은 헤밍웨이가 어쩌면 실패한 아버지에 대한 연민을 안고서
그 한계를 뛰어넘고자 무의식의 내면에서 고군분투하면서 나
타나는 증후군으로서 이는 헤밍웨이를 독립적이고 공격적이
며, 비정서적인 남성적 특성과 함께 감정이입적이며 정서적
이고 수동적인 여성적 특성을 공유한 작가로 인식하게 만들
었다. 그리고 이런 점에서 그는 양성적인 작가로 평가되기도
한다.

전통적인 성역할의 정의에 따르면 남성은 힘세고 유능하
며 경쟁적이고 지배적이며 활발하고 감정에 치우치지 않고
때때로 격렬하다. 반면 여성은 부드럽고 우아하며, 합리적이
기보다는 직관적이며 수동적이고 호전적이지 않으며 쉽게 굴
복한다. 그러나 양성성은 개개인에게 여성도 도전적일 수 있
고 남성도 부드러울 수 있다는 가능성을 제공한다. 심리학에
서는 양성성을 "사회의 성역할 고정관념을 이루는 내용 중에

서 바람직한 여성적 특성과 바람직한 남성적 특성이 결합되어 공존하는 것"으로 보고 있다. 그러므로 때로는 딱할 정도로 의존적이고, 때로는 위험할 정도로 공격적인 성격을 지닌 사람을 양성적이라고 할 수는 없는 것이다[케이 듀오(Kay Deaux) 117]. 양성성 이론은 남성성 혹은 여성성이라고 전통적으로 규정해 놓은 어떤 전형을 무너뜨리고 남성, 여성 서로가 의지하고 따뜻하게 포용해 가면서 자신의 내부에 상대성의 일부분이 내재하고 있음을 인정하는 이론이다. 다시 말하면 한 인간 속에 동시에 내재하는 남성적인 특성과 여성적인 특성이라고 말할 수 있다. 헤밍웨이는 두 성의 특성을 함께 지니고 있었기 때문에 남성적인 특성이나 여성적인 특성만을 지닌 개인들보다 광범위하게 다양한 상황에서 적응했던 것으로 짐작된다. 주변에 대한 철저한 관찰과 풍부한 경험, 해박한 지식, 그리고 타고난 감수성과 직관력으로 헤밍웨이는 여러 유형의 남성들과 여성들의 진정한 본질을 파악하고, 균등한 입장에서 남성의 본질과 여성의 본질을 수용할 수 있었다. 그리고 이를 통하여 여성 안에 있는 남성적 기질을, 그리고 남성 가운데에 있는 여성적 기질을 찾아내고 있었다. 그는 이처럼 다른 성의 기질을 갖게 되는 현상을 바람직한 것으로 이해했던 것이다. 따라서 양성적인 사람은 결단력이 있으면서도 정이 많고 강하면서도 유순하며 이성과 감성을 동시에 지닌 조화로운 인간임을 알 수 있다[쟈넷 스펜스(Janet Spence) 208].

헤밍웨이는 남성과 여성이 서로를 위하여 꿈과 현실 속에서 그들이 찾고 있는 욕구를 이해하고 남녀의 조화로운 관계를 중요하게 인식한 양성적인 작가라고 볼 수 있다. 그에게는 생리학적인 양성성과 심리학적인 양성성 둘 다가 조화롭게 형성되어 있음을 보게 된다. 실제로 헤밍웨이가 지닌 다정다감함, 예민한 감수성, 날카로운 통찰력 등은 그가 지닌 남성다운 면을 손상시켰다기보다는 오히려 그의 인격의 깊이를 높이고 성품을 고양시켜 주는 역할을 하고 있다.

이상에서 헤밍웨이의 여성관을 형성하는 가장 직접적인 요인은 그의 성격과 환경, 그리고 주변 여성들과의 인간관계임을 알 수 있었다. 다시 말하면, 헤밍웨이의 여성관은 그의 삶 속에 함축되어 있다고 말할 수 있다. 그의 부계에 흐르는 방랑성과 활동성, 모계의 예술성, 부모관계에서의 모친의 주도권으로 인한 가정적 불안, 부모의 교육방식, 특히 어머니의 자녀양육방식, 그리고 그의 세 번의 이혼과 네 번에 걸친 불행한 결혼 생활은 그의 작품 속에 그대로 투영되어 나타난다. 이런 점에서 그의 문학은 바로 헤밍웨이 자신의 인생이라고 말할 수 있다. 경험의 구체적 표현이라고 할 수 있는 소설을 전제로 하여 그 작품 속에 드러난 여주인공의 사회적 위상이 어떻게 반영되었는가를 살피는 것은 바로 그 작가가 그리고 있는 여성상의 변천과정을 짚어 보는 계기가 될 것이다. 이런 점을 토대로 헤밍웨이의 의식에서 남성화된 여성인물인 브렛 애슐리, 뇌쇄적 인물인 캐서린 바아클리, 그리고 양성화된 인물인 마리아, 그리고 자기중심적 여성인물인 캐서린 힐을 살펴보겠다.

제3장

헤밍웨이 여성들과 텍스트 분석

1. 『해는 또다시 떠오른다』: 브렛 애슐리

1926년에 스크리브너사(Scribner's)는 『해는 또다시 떠오른다』를 출판해서 헤밍웨이를 일약 문단 거장의 위치로 올려놓았으며, 많은 비평가들은 이 작품을 그가 쓴 최고 걸작으로 간주하고 있다. 미국인으로서 최초로 노벨 문학상을 받은 싱클레어 루이스(Sinclair Lewis)나 당시에 많은 젊은 독자를 얻었던 셔우드 앤더슨(Sherwood Anderson)과는 달리, 그는 미국적 장면이 지닌 정통성을 탈피하여 작중 인물이 미국인인 경우에도 그들을 다른 맥락에 놓았다. 이런 배경 설정은 자기 체험에 안성맞춤이었다. 이 작품은 젊은 남녀 인물들이 파리와 스페인을 배경으로 허무와 향락 속에서 방황하는 모습을 그

린 비극으로, 『무기여 잘 있거라』가 좌절과 허무의 이유와 배
경을 전쟁으로 인해 모든 것을 잃어버린 한 군인을 통해 밝
혀 제시한 작품이라면, 『해는 또다시 떠오른다』는 1920년대
전후 사회의 '잃어버린 세대'들이 당대의 사회현실에 적응하
지 못하고 절망과 좌절과 허무 속에서 방황하는 모습을 말해
준다. 이 작품에서 헤밍웨이는 유럽을 방황하는 미국 및 영국
의 남녀 국외도피자(expatriate)들의 자유분방하고 불안정한 삶
과 자신이 직접 참전한 1차 대전의 심각한 경험과 그 경험이
가져온 후유증, 즉 삶에 대한 환멸과 허무감, 안일하고 퇴폐
적인 향락주의, 전통적인 도덕적 가치의 붕괴 등을 실감 있게
그려 보이고 있다. '잃어버린 세대'의 기수였던 헤밍웨이의
문학적 영감의 근원이자 동시에 강박관념의 근원이었던 것은
바로 그가 직접 겪었던 '전쟁'이었다. 헤밍웨이는 자신의 경
험을 통하여 전쟁이 단순히 폭력과 부상과 죽음만을 초래하
는 것이 아니라, 인간의 존엄성과 죽음의 존엄성마저도 파괴
시키는 것으로 보았다. 다시 말하면 개인적이고 상징적인 경
험으로서의 전쟁은 헤밍웨이에게 있어서 곧 혼란의 와중에서
살고 있는 인간의 조건을 잘 나타내 주고 있는 강렬한 작품
의 소재가 되었다. 또한 죽음의 문턱에서 겨우 살아남게 된
이탈리아 전선에서의 그의 부상은 헤밍웨이로 하여금 안일했
던 과거로부터 떠나 불확실한 미래에 대해 눈을 뜨게 해 주
었다. 그러므로 헤밍웨이에게 있어서 육체적 외상은 곧 정신

적 상처를 의미하는 것이었으며, 그의 대다수 주인공들은 바로 그러한 정신적 상처로 인해 고통받는 사람들로 그려지고 있다.

예컨대『해는 또다시 떠오른다』의 주인공인 제이크 바안스는 전쟁으로 인해 성불구가 된 저널리스트인데, 그가 전장에서 입은 육체적 부상인 성교불능(impotence)은 곧 그의 정신적인 상처인 전후 작가의 정신적인 황폐와 불모를 상징해 주고 있다. 그런 의미에서 헤밍웨이의 세계관은 당시 서구 문명 사회를 황무지(waste land)로 보았던 T. S. 엘리엇의 세계관과도 일치된다[스튜어트 샌더슨(Stewart Sanderson) 180]. 또한 전쟁과 부상에 대한 헤밍웨이의 강박관념은 곧 죽음과의 대면이라는 또 하나의 강박관념을 불러온다. 그의 소설 속에서 죽음은 잔혹한 '함정'으로 묘사되거나 아니면 피할 수 없는 '불운'으로 처리되며, 또한 경험과 시련의 최후의 시금석으로 제시된다.

헤밍웨이는 죽음과의 대면과 상징적인 상처, 그리고 거기에서 비롯되는 공포, 용기, 패배, 승리 등의 주제를 전쟁을 통해서뿐만 아니라 투우와 사냥을 통해서도 제시하고 있다. 특히 시대를 앞선 말괄량이 신여성(flapper)으로 묘사되는 여성 인물 브렛의 등장은 전후의 많은 미국 젊은이들의 추종을 받을 정도로 성격이 강한 것이어서 이 소설은 사건소설이 아닌 성격소설로 받아들여지고 있다[제임스 나겔(James Nagel) 89].

이 소설의 주요 인물인 브렛과 제이크는 1차 대전으로 모든 것을 잃은 사람들이다. 제이크는 캔사스(Kansas) 출신의 신문기자로서 종군기자로 활동하다 부상을 입어 성불구가 된 자이다. 여성인물인 브렛은 34세의 영국인으로, 애인이 1차 대전에 참전하여 이질로 죽은 후 귀족 출신의 해군장교와 만나 결혼한다. 그리고 애슐리(Ashley)라는 귀족 성은 이 남편으로부터 얻은 것이다. 그녀의 남편은 전쟁에서 돌아온 후 침대가 아닌 바닥에서 잠을 자며, 브렛에게도 그렇게 할 것을 요구한다. 때로는 그녀를 죽이겠다고 위협을 하며 침대 밑에 장전된 권총을 놓고서야 잠을 잔다. 그래서 브렛은 그가 잠든 후에 실탄을 권총에서 제거하고 프랑스 파리로 도망 와 마이크 캠벨(Mike Campbell)이라는 스코틀랜드 출신의 파산한 실업가와 약혼한다. 그러나 브렛이 정신적으로는 성불구자인 제이크를 사랑한다는 점에 고민하고 방황하며 좌절하게 된다. 이 장에서는 이 작품의 주요 인물인 브렛의 남성성을 위주로 살펴보면서 어떠한 과정에 의하여 남성화가 구현되는지를 살펴보도록 할 것이다.

존 스튜어트 밀(John Stuart Mill)은 『여성의 종속(*On the Subject of Women*)』에서 남성성과 여성성 사이의 본질적인 차이에 대해서 다음과 같이 살펴보았다. 그는 결론적으로 남녀 사이에 존재한다고 여겨지는 '자연에 근거한 성적 차이'란 전적으로 인위적인 것으로서, 그들의 교육과 환경의 차이에서 생겨나는 것이라고 하여 결코 남녀 간에는 근본적인 성적 차이가 있을 수 없음을 말했다. 즉 이 말은 여성 및 남성의 기질은 단지 한 인간의 교육 및 주변 환경에 의해 영향을 받는다는 것이다.

> 남성과 여성 사이에 존재하는 것으로 여겨지는 모든 심리적 기질의 차이들이란 단지 그들의 교육과 환경의 차이로 인한 결과일 뿐이지 자연에 근거한 성적 차이의 판이함을 가리키는 것은 결코 아니다(존 스튜어트 밀 73).

밀의 사상을 브렛에게 비추어 볼 때, 그녀는 전후의 신여성으로 남성이나 다름없는 여성이다. 여성적인 용모로 예쁘기는 하지만, 외모는 남성적이어서 이성(異性)의 옷을 입힘으로써 성적인 쾌감을 얻는 '의상도착증(transvestism)'적인 모습을 나타낸다. 행동에 있어서도 주점과 주점, 카페와 카페를 전전하며 성적인 면에서도 난잡성을 보이면서 남성적 특권이라고 할 수 있는 성적으로 적극적인 태도를 취하고 있다. 그 어디에도 마음 둘 곳 없는 그녀의 방황심리는 자유로움을 가장한 섹스탐닉을 통해 그것을 합리화시키기 위한 한 방편으로 볼 수 있다. 이러한 의식을 에리히 프롬(Erich Fromm)은 섹스탐닉과 같은 물질애착이나 애정중독현상을 현대인들의 소외현상으로 파악하여 개인에게 내재된 파괴적 욕구를 성애적 보상으로 메꾸려는 욕망구조에 기인한 일종의 사회병리현상

으로 이해하고 있다(에리히 프롬 107). 이러한 섹스 중독현상
은 우리 사회에서 흔히 볼 수 있는 시장형 인격자(marketing
personality), 곧 모든 인간관계를 시장에서의 상품거래식 관계
로만 이해하려는 인격자와 질적인 면에서 다를 바가 없다. 브
렛이 이렇게 된 배경은 전쟁으로 인한 그 육체적·정신적인
상처와 두 번의 결혼 실패, 그리고 그 좌절감을 들 수 있다.
이런 환경은 그녀의 여성성의 상실을 가져왔으며, 이것은 또
한 그녀의 삶의 현장에서 남성성으로 구현된다. 이와 같은 이
유로 그녀는 비도덕적인 행동을 하는 암캐(bitch girl)로 남성
을 파괴시키는 '치명적이고 파괴적인 여성'이란 평가를 받는
다. 브렛에 대한 이와 같은 표현에 대해서 미국 여성해방론자
들은 남자 작가가 쓴 소설들이 점점 더 '남성적'으로 변해 가
며 종전보다 훨씬 더 여성혐오적인 경향을 띤다는 지적을 하
였다. 이런 경향에 대해서 레슬리 피들러(Leslie Fiedler)는 『미
국소설에 있어서의 사랑과 죽음(*Love and Death in the American
Novel*)』이라는 그의 저서에서 다음과 같이 언급하였다.

> 19세기 미국소설에 나타난 여성의 이미지는 검은 머리의
> 육감적이고 고집이 센 '장미형'의 여성상이었는데, 이러한
> 19세기 여성상은 헤밍웨이의 작품에 오면 관능이 더 부각
> 된 '미국의 암캐(American Bitch)'로 극단화된다. 특히 노먼
> 메일러(Norman Mailer)는 여성을 헤밍웨이보다 훨씬 더 암
> 캐처럼 그리고 있다 『미국 소설에 있어서의 삶과 죽음
> (*Love and Death in the American Novel*)』 93].

이러한 미국의 암캐는 그 부정적인 면모를 상쇄(相殺)해 주는 여성상인 포크너의 『고함과 분노(*The Sound and the Fury*)』에 나오는 딜시(Dilsey), 존 스타인벡(John Steinbeck)의 『분노의 포도(*The Grapes of Wrath*)』에 나오는 마 조드(Ma Joad)와 한동안 공존하게 된다. 그러나 암캐상은 그 이후로 켄 케이시(Ken Kesey)의 『뻐꾸기 둥지 위로 날아간 새(*One Flew Over the Cuckoo's Nest*)』에서는 한층 강압적이고 독재적인 여성상으로 발전된다. 『마농레스코(*Manon Lescaut*)』나 『카르멘(*Carmen*)』, 『춘희(椿姬)』와 같은 작품에도 바람기 많은 여성이 주인공으로 나와 무분별한 남성편력을 하게 된다. 우리나라의 현대 소설인 김동인의 『감자』나 『김연실전』에도 당돌한 성격의 여자주인공이 나와 순결 이데올로기(virginity ideology)를 비웃으며 남자편력을 반복한다. 그런데도 이와 같은 작품을 명작이라고 부르는 까닭은 그러한 성격표출 속에 인간의 원초적 욕구가 사실적으로 드러나 있기 때문이다. 이와 같이 명작 속의 여성상은 거의 당돌한 성격과 파격적 행동을 하는 일탈적(逸脫的)이고 반항적인 성격의 여성들이다. 그런 까닭은 여성이 워낙 도덕적으로 많은 제한과 억압에 시달려 왔었기 때문인지도 모른다. 그러나 남자 역시 도덕적 억압에 시달리고 있기는 마찬가지이기 때문에, 독자가 남성이든 여성이든 간에 여성주인공은 무언가 파격적이라야 감동과 재미를 줄 수 있을 것이다.

범죄소설에서 갖가지 변태심리를 다루듯 성애소설에서 변

태심리를 다룬다는 것은 당연한 이치일 것이다. 사드(sade)나 사디즘(sadism)을 소재로 한 소설을 쓴 것은 그러한 '성적 심리'가 인간의 잠재의식 안에 내재해 있기 때문이지, 사드의 창조물로서 사디즘이 등장한 것은 아니다. 작가가 '정상적인 성'과 '모범적인 성'만을 작품의 소재로 삼는다면 우리는 인간의 내면세계를 보다 깊게 파헤칠 수는 없을 것이다. 사디즘이나 마조히즘(masochism) 등의 변태심리는 이제 단지 성애의 면에서만이 아니라 정치학이나 사회학에서까지도 폭넓게 응용되고 있다. 예컨대 『로미오와 줄리엣(*Romeo and Juliet*)』이나 『춘향전』과 같은 명작 속에 깊이 스며 있는 낭만적 사랑만이 사랑의 원형은 아닌 것이며, 오히려 그 같은 낭만적 사랑의 심리에는 병리적인 요소(pathological factor)가 다분히 내재해 있고, 일시적 사랑의 광기(狂氣)에 가까운 것이라고 해석할 수 있다. 많은 독자들이 그 같은 책을 읽고 사랑의 이상을 꿈꾸지만, 실은 지나치게 비현실적이고 편협(illiberal)함을 느끼게 된다. 인간사회의 사랑관계란 매우 다양한 것이며, 시대에 따라 얼마든지 질적으로 달라질 수밖에 없는 것이며, 성도덕 역시 상황 윤리적 바탕 위에서 새롭게 형성될 수밖에 없음을 많은 학자들이 강조하고 있다. 말하자면 인간 그대로를 인정하고자 하는 것이다. 사람에게는 여러 가지 유형이 있어서 자폐적인 사랑 이외에도 인간관계에 무책임하면서 아무런 인간적 친밀감도 없이 게임식으로 사랑을 추구하는 인간이 있는

가 하면, 남녀관계에서 아무런 정열도 없이 무덤덤하게 지내는 것을 사랑의 한 방편으로 생각하는 사람도 있고, 브렛과 같이 끝없이 섹스에 탐닉하면서 모험과 좌절을 겪으며 사랑을 찾으려는 인간도 있다. 브렛의 자유분방함에 대해서 로버트 스콜스는 비여성적이라는 견해를 보였다.

> 브렛은 그녀의 원형인 집시(gypsy) 카르멘처럼, 그녀 마음대로 남성들이나 하는 성적인 난잡함의 주도권을 빼앗는다는 점에서 '비여성적' 여성이다(스콜스 43).

'비여성적'이란 말은 남성적이란 말로 바꾸어도 무방할 것이다. 스콜스에 의하면 '암캐'라는 말은 섹스와 돈을 특별하게 조합한 것으로 규정되는 여성집단으로 표현된다. 이런 면에서 보면, 이 작품에서 브렛의 설정은 물론 헤밍웨이의 파리 체류시절의 더프 트위스덴(Duff Twysden)을 모델로 한 것이지만 가정 내에서의 주도권을 쥐었던 어머니 그레이스를 반영했다고 말할 수도 있다.

1차 대전이 끝난 후 파리의 레프트 뱅크(Left Bank)의 보헤미안들 중에 '레이디'라는 칭호를 가진 더프 트위스덴이라는 영국여성이 있었다. 그녀의 이 칭호는 그녀의 두 번째 결혼의 부산물이었다. 그녀는 동성연애에 빠진 여자들의 주인공이란 말도 있었고, 또 남성들의 성적인 선망의 대상이기도 했었다. 그녀의 몸차림이 꼭 남성과 다를 것이 없었지만 여러 가지

점에 있어서 특이한 여성이었다. 피부는 전형적인 영국인의 피부였고, 긴 코에 두툼한 입술을 한 이상하리만큼 성적인 매력이 넘치는 여성이었다. 옷은 전형적인 영국식이었고, 테가 늘어진 모자에 스코치 라사의 스커트, 몸에 찰싹 들러붙는 턱까지 올라오는 스웨터를 착용한 이 여자를 헤밍웨이는 작품에서 레이디 브렛 애슐리(Lady Brett Ashley)라 명명하여 그 선정적인 옷차림을 다음과 같이 작품 속의 인물로 묘사하였다.

> 브렛은 기가 막힐 정도로 아름다웠다. 턱까지 올라오는 모직 스웨터와 트위드 천의 스커트를 입었으며, 그녀의 머리카락은 소년의 머리처럼 뒤로 빗겨져 있었다. 이런 형태의 머리는 그녀가 전적으로 시작한 것이다. 그녀는 경주용 요트의 선체와 같은 매끈한 몸매의 소유자였고, 그것은 모직 스웨터가 그 몸매를 더 두드러지게 만들었다 (『해는 또다시 떠오른다』 22).

헤밍웨이는 하드보일드의 '절제된 표현'을 중요시하였지만, 여성들의 묘사에 있어서는 예외였음을 알 수 있다. 그녀의 예쁜 성적 용모에도 불구하고 이 장면에서 브렛의 짧은 머리모양과 복장에서는 남성적인 모습을 볼 수 있으며 성별의 모호성을 유발한다[아이라 엘리엇(Ira Elliot) 77]. 여기서 그녀의 남성적인 머리 스타일은 당시 1920년대라는 시대적 상황으로 볼 때 파격적인 것으로 당시 여성의 짧은 머리는 곧 여성성의 상실을 의미했다. 그 당시에는 여교사가 짧은 머리 때문에 해고되어 신문에 대서특필될 정도였다. 또한 헤밍웨이의 아버지 클래런스는 자신의 병원에서 남성적인 머리를 하는 간호사를 해고시키겠다고 말한 적도 있었다. 이와 같은 사실은 누이 마셀린의 글을 보면 명확해진다.

> 나는 이즈음 시카고의 트리뷴지(Tribune)에서 머리를 짧게 잘랐기 때문에 직업을 잃은 교사들에 관한 뉴스를 보았던 것으로 기억한다……. 어느 토요일 저녁 식탁에서 의사이신 우리 아버지가 기고만장하여 말씀하시길, 병원 직원 중 남성적인 머리 형태를 한 간호사는 누구든지 해고시키기로 했다고 하셨다[마셀린 헤밍웨이 샌포드(Marcelline Hemingway Sanford) 『헤밍웨이의 초상(*Portrait of Hemingway*)』 54].

또한 브렛은 남자 스타일의 모자를 쓰고 있는데, 이러한 모습은 남성적인 헤어스타일과 함께 그녀의 남성성을 상징한다. 브렛의 성적인 난잡함 또한 여성성과는 거리가 먼 남성성을 느끼기에 충분하다. 브렛은 두 번째 결혼 실패 후 마이크 캠벨이라는 파산한 영국인 실업가와 약혼 중이면서도 젊은 패들과 몰려다니고, 제이크를 사랑하면서도 그가 성불구자라는 사실로 그가 제공할 수 없는 성적인 문제로 인해 괴로워한다. 제이크가 파리의 댄스클럽에서 만난 창녀 조지에트(Georgette)와 헤어지고 브렛과 단둘이서 택시를 탔을 때의 모습을 보면 브렛의 심적인 괴로움을 알 수 있다.

"날 건드리지 마세요, 제발 건드리지 마세요."라고 그녀는
말했다. "무슨 일이오?" "난 이런 상황을 참을 수가 없어
요." "오, 브렛." "당신은 할 수가 없어요. 그걸 알아야 해
요. 난 그걸 참을 수가 없어요. 그게 전부예요. 오, 당신,
제발 이해해줘요!" "날 사랑하지 않소?" "당신을 사랑하냐
고요? 당신이 날 만지기만 하면 난 온몸이 젤리처럼 흐물
흐물해져요."(24)

브렛은 자신의 성적인 난잡성에 대해서 어느 정도 양심의
가책을 느끼게 되는데 이것은 제이크와 서로 정신적인 사랑
밖에 하지 못하는 괴로움 속에서도 나타난다. 그녀 자신이 남
성들에게 파괴적이었다는 것을 스스로 인정하고 있는 것이다.

"우리가 할 수 있는 일이란 한 가지도 없군그래!" 제이크
가 말했다. "모르겠어요." 하고 브렛이 말했다. "또 그런
지독한 것을 겪고 싶진 않아요." "서로 안 만나는 게 좋겠
어." "그렇지만, 여보. 난 만나야만 해요. 당신이 아는 게
곧 전부는 아니에요." "그렇지. 그러나 밤낮 이 꼴이 되고
마니." "그건 내 잘못이에요." "그래도 우리가 하는 일의
대가는 충분히 치르고 있잖아요?" "……바보 같은 소리
마." 하고 내가 말했다. 또 내게 일어난 일 같은 건 재미있
다고 생각되니까. 난 그런 것 조금도 생각하지 않아…….
나는 이 문제에 관해서는 제법 달관하고 있었다. 언젠가
는 나도 아마 이 문제를 여러 가지 각도에서 생각해 보았
고, 그중에는 어떤 부상이나 불구가 그것을 가진 사람에
게는 정말 중대한 문제이지만, 농담감도 된다는 각도로
본 적도 있었는지 모른다……. "난 지상의 지옥이라고 생
각해요." "서로 만나는 건 좋은 일이야." "아니에요. 난 그
렇게 생각하지 않아요."(26)

  이런 점 때문에 브렛은 남성에게 해로운 '화냥년'으로 분류된다. 남성들과의 관계에서도 그녀는 자신이 의사결정을 하여 상대 남자로 하여금 자신의 남성성을 느끼게 한다. 제이크와 브렛이 카페 셀렉트(Select)에 갔다가 거기서 헤어질 때, 다음 날 다시 만날 것을 약속하는데, 제이크는 사무실에서 만나자고 하지만 브렛은 크릴롱(Crillon) 호텔에 있겠다고 한다. 성적인 면에서 남성의 주도권을 빼앗을 뿐만 아니라 비록 만남의 장소와 시간을 정하는 사소한 문제지만 그녀가 주도적인 입장에서 의사결정을 함으로써 그녀가 남성들에 대한 우위를 확보한다는 것을 단적으로 보여 주고 있다.

> "사무실로 오구려." "어렵겠는데요." "그래, 그럼 어디서 당신을 볼까?" "다섯 시경 아무 데서나요." "그러면 도심의 맞은편에서 만나지." "좋아요. 다섯 시에 크릴롱 호텔에 가 있을게요."(29)

  그러나 제이크는 브렛이 좀 전에 만난 미피포폴러스(Mippipopolous) 백작과 같이 하룻밤을 지내는 것을 보고 그녀의 난잡함에 대해 아무것도 할 수 없는 자신의 무기력함을 한탄한다. 제이크는 전쟁 중 부상당해 병원에 누워 있으면서 자신의 성 불능을 말하는 연락장교인 대령이 "귀관은 외국인, 즉 영국인인데 생명 이상의 것을 바쳤소"(32)라고 한 말을 뼈아프게 회상한다. 제이크는 「병사들의 고향」의 크렙스처럼 전쟁 후유증으로 시달리는 주인공이다. 크렙스가 전쟁의 단순성을 체험하고 변화 없는 복잡한 인습에 젖어 있는 고향사회에 염증을 느끼고 결별을 선언하는 주인공이라면, 제이크는 심신 양면으로 전쟁의 후유증에 시달리고 있는 주인공이다. 그는 전상으로 성불구자가 되어 완전히 성생활을 할 수 없는 고민에 빠지게 된다. 여주인공 브렛 역시 진정한 사랑을 상실한 상실감 때문에 마음의 안정을 찾지 못하고 생면부지인 미피포폴러스 백작과 불모의 사랑에 빠져들게 된다. 헤밍웨이 자신이 전후에 불면증에 시달려 왔던 것처럼 그의 작중인물인 제이크 역시 전후에 불면증으로 시달리고 있다. 제이크는 불면증에 시달리며 애인 브렛에게 성적 만족감을 줄 수 없는 자신의 괴로운 심정을 다음과 같이 토로하고 있다.

> 나는 생각에 잠긴 채 뜬눈으로 누워 있었다. 가슴이 마구 뛰는 것 같았다. 나는 브렛을 생각하고 있었다. 브렛을 생각하고 있노라면 가슴이 뛰는 것을 멈추었다. 그때 나는 갑자기 흐느끼기 시작했다. 얼마 후 좀 마음이 가라앉았다. 난 침대에 그대로 누워 있었다. 누워서 전차가 거리를 지나 멀리까지 지나가는 소리를 듣고 있다가 잠이 들었다…… 무슨 일에 대해서도 냉정한 태도를 지키기가 낮에는 항상 쉬웠다. 그러나 밤에는 그렇지 않았다(48).

잠자리에 들면 제이크는 브렛을 생각하기 시작하고 그녀를 생각하면서 쉽게 잠을 이루지 못하며 갑자기 울부짖곤 하는 불면증에 시달린다. 또 그는 저녁에 자신의 집을 방문했다가 미피포폴러스 백작의 리무진을 타러 떠나는 브렛을 바라보며 억누를 수 없는 상실감을 느낀다. 이런 감정을 견디어내지만 밤에는 견디어 내기 어려운 자신의 허전한 심정을 그는 낮과 밤이 전혀 다르다는 말로 하소연한다. 자신을 사랑하면서도 뭇 남성과 어울리는 브렛을 보고 성적 만족을 줄 수 없는 처지를 생각하면 제이크는 참을 수 없는 울적한 감정을 느낀다.

> 이것이 브렛이란 여자의 실체다. 이것이 날 울고 싶게 한다. 그리고 그녀가 좀 전에 길을 올라가서 차를 타는 모습을 생각했는데, 다시 지옥에 빠진 듯 견딜 수 없는 심정이 되었다. 낮에는 모든 일에 쉽게 냉정하고 객관적일 수 있으나, 밤에는 그렇지를 못했다(34).

이러한 브렛의 난잡한 행위에 대해서 테오도르 베르닥크 (Theodore Bardacke)는 다음과 같이 언급하였다.

> 니체의 초인(superman)처럼 헤밍웨이의 주인공들은 윤리적인 선과 악의 경계를 넘어서 존재한다[『헤밍웨이의 여성 (Hemingway's Woman)』 246].

베르닥크는 인간의 어둡고 열정적인 양상은 그리스의 디오니소스(Dionysus)의 속성에서 야기된다고 보았다. 니체는 그것을 디오니소스적인 것으로 설명했다. 디오니소스 양상은 과도한 성적 방탕, 야만적인 본능, 난잡한 성행위와 잔인성의 혼합체라고 니체는 『비극의 탄생』(*The Birth of Tragedy*)에서 언급한 바 있다(니체 218). 속박에서 벗어나고자 하는 디오니소스적인 양상은 열정적 흥분을 유발해 잠재적으로 위험을 내포하고 있는 요소이다. 그럼에도 불구하고 디오니소스는 결코 무시할 수 없는 힘이며, 그리스인들은 그 힘을 삶의 원초적 에너지로 여겼다. 그리스인들은 디오니소스를 '모든 현상을 초월한 영원한 삶' 또는 '자연의 본성'으로 표현하였다. 디오니소스의 본질은 열정, 환희, 광란, 그리고 자아몰입의 성격을 지니고 있다. 니체는 이러한 디오니소스적인 세계를 '탐닉'의 세계로 보았다. 한 남자한테 정착하지 못하는 브렛의 태도는 육체적, 정신적으로 상처를 입고서 전후세대를 살아가는 허무적인 인간의 전형이다. 이런 점에서 브렛 또한 이와 같은 탐닉의 세계에 빠져 있음을 알 수 있다. 이런 점에서 브렛은 D. H. 로렌스(D. H Lawrence)의 작품 『채털리 부인의 사랑』(*Lady Chattley's Lover*)에 나오는 주인공 코니(Connie)와 유사한 인물로도 볼 수 있다. 로렌스는 성을 생명력의 상징으로 이해하기보다는 인간의 욕망으로 이해하였다. 주인공 코니가 산지기 멜로즈(Mellors)하고 놀아나는 것은 성불구자인 자기 남편 클리포드(Clifford)로부터 성욕을 충족받지 못했기 때문이다. 코니가 추구했던 성은 욕망을 채우기 위한 것이었지, 형이상학적인 이유 때문은 아니었다. 코니가 한밤중에 산지기를 찾아가는 것은 생명력의 근원을 느끼기 위해서라기보다는 자신의 성에 대한 갈증을 채우려는 욕망에 기인한 것이다. 이와 같이 브렛, 또한 육욕(肉慾)을 억제할 어떠한 구실이나 가치관도 갖지 못하는 코니와 같은 인물이며, 삶에 대해 아무런 의미도 갖지 못하는 여성이다.

베르닥크는 브렛에 대해서 남성 지배적인 성격의 소유자이고 전후 여성으로서 작가가 표현하고자 한 화신(化身)으로 보았다(베르닥트 258). 항상 브렛의 주변에는 제이크, 마이크(Mike), 그리고 로버트 코온(Robert Cohn)과 같은 남자들이 있는데, 이들은 브렛의 강한 남성성으로 인해서 정신적으로 거세를 당한 남성성의 상실자들이다. 이처럼 브렛이 지닌 남성적 기질은 다른 남성들의 남성성을 상실케 하는 파괴력을 지닌다. 남성성이 강하게 드러나는 한 요소로서 그녀의 성적인 난잡성과 적극성을 들 수 있다. 이 점은 그녀의 약혼자인 마이크의 다음과 같은 대화를 통해서도 잘 나타난다.

"여보게, 브렛은 전에 여러 남자들과 관계를 가졌었어. 그
녀는 내게 모든 것을 말하지. 그녀는 이 코온 녀석의 편지
를 읽으라고 내게 주었지만 난 그것들을 읽기가 싫어서
그만두었다네." "자넨 참 대단히 고상하시군." "아냐, 들어
보게, 제이크. 브렛은 여러 남자들과 함께 돌아다녔지. 그
러나 그들 중 유태인은 한 명도 없었고, 나중까지 귀찮게
쫓아다니는 녀석은 없었다네. 대단히 좋은 사람들이었지."
브렛이 말했다. "그런 얘기는 쓸데없어요. 마이클과 나는
서로 이해하니까요."(143)

그러나 바로 이러한 남성성 때문에 브렛은 남성에게 치명적이며 파괴적인 여성으로 현대판 키르케(modern Circe)가 된다. 이런 점은 로버트 코온에 대한 마이크와의 대화 속에서도 엿볼 수 있다. 여기서 브렛은 마술로 오디세우스(Odysseus)의 부하들에게 술을 먹여 돼지로 둔갑시켰다는 마녀인 요부형에 비유된다. 이런 점은 이 작품의 등장인물 중 비교적 냉정하며, 객관적이고, 정신적으로 브렛을 갈망하는 제이크조차도 "하여간 여자들은 지옥에나 떨어져라. 브렛 애슐리, 너도 지옥에나 가라."(148)라고 할 정도로 그녀를 원망함으로써 브렛의 남성파괴적인 면을 짐작할 수 있다. 그러면 제이크가 전쟁의 상처로 인해 정신적·육체적으로 병들어 있음을 잘 나타내 주는 다음 내용을 살펴보자.

> 그녀(브렛)는 키스해 달라고 얼굴을 들었다. 한 손으로 나를 만지기에 내가 손을 떼밀었다. "가만있으라고." "왜요? 어디 아파요?" "응." "누구든지 아프군요. 나도 아파요."(158)

제이크의 이러한 정신적·육체적 불구 때문에 브렛과의 사랑은 그에게 정신적 고통을 주고 있으며, 그는 이 고통을 잊기 위해 대부분의 시간을 카페, 낚시터, 투우장에서 보낸다. 그의 친구 빌 고튼(Bill Gorton)은 그가 국적 상실자이며, 술과 여자와 더불어 무절제한 생활을 보내며, 일을 멀리하고 카페에서 소일한다는 점을 다음과 같이 신랄하게 지적해 준다.

"자네 고민이 뭔지 아나? 자네는 국적 상실자야. 가장 못
된 타입의 하나지. 그런 소리 못 들었나? 자기 나라를 버
린 자는 일찍이 인쇄를 할 만큼 가치 있는 글을 쓴 일이
없어. 신문에라도 말이야." 그는 커피를 마셨다. "자네는
국적 상실자야. 흙과의 접촉을 잃었단 말이야. 귀하게 되
신 거지. 가짜 유럽기준이 자네를 망쳤어. 당신은 죽도록
술만 마시고 당신의 머리는 '섹스' 생각에만 사로잡혀 있
소. 자네는 국적 상실자야, 알겠나. 당신은 그저 카페나 맴
돌고 있을 뿐이오."(115)

빌이 한 말은 제이크라는 한 개인에 대해서 한 말인 것 같
지만 사실 파리를 무대로 보헤미안적인 삶을 살아가고 있는
'잃어버린 세대'에 속해 있는 모든 젊은이들의 퇴폐적인 생
활상을 비난한 말이라고도 할 수 있겠다. 이 세대들의 방향감
각의 상실과 갈등, 기독교적인 가치관의 거부, 권태와 환멸과
퇴폐와 도피 등, 허무의 요소들이 지배적인 주제를 이루며 투
영되어 있다. 이런 점에 대해서 마크 스필카(Mark Spilka)는
"20세기에는 전쟁 속에서의 사랑의 불모성을 가장 많은 소설
의 주제로 이용해 왔다"(마크 스필카 83)고 언급하였다. 특히
전후시기에는 작중 인물들의 주된 소재가 되어 왔음을 알 수
있다.

팜플로나(Pamplona)에서는 산 페르민(San Fermin) 축제가 시
작되는데, 이곳에서 브렛은 페드로 로메로(Pedro Romero)를 만
나게 된다. 로메로는 브렛을 중심으로 사랑의 행각에 의해 그
녀에게 묶인 거세된 남성들인 제이크, 마이크 및 코온과 대조

되는 인물이다. 젊고 훌륭한 투우사인 로메로는 겉모습부터
가 남성적이다. 제이크가 몬토야(Montoya) 호텔에서 본 로메
로의 모습은 다음과 같다.

> 그 청년은 투우 복장을 하고서 매우 꼿꼿하고 웃음기 없
> 이 근엄하게 서 있었다…… 그의 검은 머리칼은 전등불
> 밑에서 빛났다. 그는 흰색 린넨 셔츠를 입고 있었다……
> 페드로 로메로는 우리와 악수를 할 때 고개를 끄덕였고,
> 아주 품위가 있고 위엄이 있어 보였다……. 그리고 그는
> 내게로 돌아섰다. 그는 내가 일찍이 본 사람 중 가장 잘생
> 긴 청년이었다(163).

젊은 투우사 로메로는 비록 타락한 투우업계에서 생활하
지만 투우장 안에서는 꾸밈없는 순수한 자세를 견지한다. 그
는 투우사의 위험한 생활에 직면하면서 살아간다. 로메로는
다른 투우사와는 달리 아주 가까이서 소들에게 접근하여 투
우를 벌인다. 그는 어떤 술수나 속임수를 배제하고 오직 성실
하게 투우한다. 따라서 투우를 하는 로메로의 모습은 가식이
없고, 진지하며, 꾸밈이 없어 남성성 그 자체만으로도 감동을
준다.

> 로메로는 결코 몸을 뒤틀거나 구부리지 않아서, 언제나
> 꼿꼿하고 순수하고 자연스런 선을 이루었다. 다른 투우사
> 들은 그들의 팔꿈치를 쳐들면서 코르크 마개 뽑기처럼 몸
> 을 뒤틀고, 소의 뿔이 지나간 다음에야 그 소의 옆구리에
> 기대어 거짓으로 위험한 장면을 연출하였다. 나중에 그런

거짓은 모두 밝혀져 불쾌한 느낌을 준다. 그러나 로메로의 투우는 진정한 감흥을 준다. 왜냐하면 그는 동작에서 절대적으로 순수한 선을 유지했고, 항상 조용하고 침착하게 매번 황소의 뿔이 그의 몸 가까이 아슬아슬하게 스치게 했기 때문이다. 그는 소의 뿔과 그의 몸이 가깝게 지나쳤다는 것을 강조할 필요가 없었다(168).

사디스트라고 할 정도로 잔인한 투우를 즐기는 브렛은 로메로의 멋진 투우 장면에 매료된다. 이런 점은 그녀 주변의 남성들이 전쟁의 상처로 인해 성불구자가 되었으며, 전후 6개월 동안 불을 끄고는 잠을 못 잤던 제이크, 스코틀랜드인 실업가로 파산한 술주정뱅이 마이크, 작가이지만 복싱선수로서 온갖 모욕에도 불구하고 브렛을 쫓아다니는 로버트 코온 등과 비교할 때, 19세의 페드로 로메로는 그녀에겐 진정한 남성으로 보였던 것이다. 로메로의 모습에 자신을 통제할 수 없을 정도로 사랑을 느낀 브렛은 자신 스스로 '성격 파탄자'임을 제이크와의 대화를 통해서 언급하게 된다. 자신이 남성에게 치명적이고 파괴적인 여성임을 인정하기 때문이다.

"난 성격파탄자예요. 그 로메로란 녀석한테 미쳐 버렸어요. 그 애와 사랑에 빠져 버렸단 생각이 들어요." "내가 당신이라면 그러지 않을 텐데." "어쩔 수 없어요. 난 성격 파탄자예요. 그 애가 내 가슴을 찢고 있어요." "그러지 마오." "어쩔 도리가 없어요. 난 지금까지 계속해서 어쩔 수 없었어요." "그런 짓은 그만두어야 하오." "어떻게 그만둘 수가 있죠? 난 그만둘 수가 없어요. 그거 아시겠어요?"(183)

　한편 이 대화를 통해서 다시 한번 브렛의 남성성을 느낄수 있다. 젊고 잘생긴 남성성을 갖춘 로메로를 좋아하게 되는 어쩔 수 없는 음탕한 여성의 면모를 보이기도 한다. 이 점은 자신이 원하는 일은 전쟁이든, 사랑이든, 온갖 모험을 다 체험했던 헤밍웨이식 행동양식이 작중 인물인 브렛에게 그대로 반영되어 그녀의 남성성으로 내비친 것이다.

> "난 매우 변해 버린 것 같아요."라고 브렛이 말했다. "당신은 모를 거예요, 제이크."(207)

　여기서 브렛이 스스로 변했다는 것은 남성적인 기질의 그녀가 정말로 남성다운 남성을 만남으로써 자신의 여성성이 회복되는 것을 스스로 느낀 것으로 해석할 수 있다. 지금까지는 거세된 남성들과의 관계에서 브렛이 그녀의 남성성으로 인해 주도권을 확보할 수 있었지만 남성다운 남성을 만남으로써 이제는 남성에 대처하는 새로운 전략이 본능적으로 필요했을 것이고, 이는 곧 여성 본연의 자세인 여성성의 회복일 것이다. 그는 로메로에게서 환희를 느꼈을 것이고, 이것은 스스로 착각할 수 있을 정도의 여성스러운 면모를 보이기도 한다. 그가 투우를 마치자 브렛은 그녀의 일행을 남겨 둔 채 로메로와 함께 마드리드(Madrid)로 떠나 버린다. 그러나 브렛은 마드리드에서 다시 로메로와 결별하게 된다. 그러면 브렛이 말하는 결별의 이유를 살펴보자.

"카페에서 나를 두고 그이를 놀려 줬나 봐요. 내 머리를 기르라는 거예요. 머리가 긴 나. 얼마나 보기 싫겠느냐 말이에요." "그거 우습겠는데……" "그는 긴 머리가 나를 여자답게 해 줄 거래요." "아주 이상해 보일 텐데……"(242)

즉 남성다운 남성인 로메로는 사랑하는 여인으로서의 브렛이 여성다워야 할 것을 요구했고, 그가 바라는 여성성의 상징은 남성 헤어스타일이 아닌 긴 머리였을 것이다. 그러나 전쟁으로 인해 사랑을 잃고 살아가는 생존 전략에서 남성성이 몸에 밴 브렛은 이를 수용키 어려웠을 것이고, 반면에 남성성으로 가득 찬 로메로는 사랑하는 여성이 남성성을 갖는 것을 용납지 못해 그녀 곁을 떠나게 된다. 그녀의 남성성으로 인해 한 남성과 결혼할 수가 없다는 점은 브렛 자신도 잘 알고 있는 사항이다. 즉, 그녀는 자신의 환경이 만들어 놓은 남성성으로 인해 결코 여성성을 회복할 수 없게 된다. 제이크와 브렛의 다음과 같은 대화는 이를 분명히 해 준다.

"그(로메로)는 나중에 나와 결혼하고 싶어 했어요." "정말로?" "물론이지요. 그러나 난 마이크하고도 결혼할 수 없을 거예요." "아마 그게 그 녀석을 애슐리 경으로 만들어 줄 줄 알았던 모양이지?" "아니, 그렇지 않아요. 그는 진정 나랑 결혼하고 싶어 했어요. 그래야 내가 그에게서 달아날 수 없다는 거예요. 그는 내가 자기 곁에서 달아날 수 없다는 확신을 원했어요. 물론 내가 좀 더 여자답게 된 후에 말이에요."(242)

로메로는 브렛과 결혼하고 싶었으나 그 선행조건이 브렛의 여성성의 회복이었다. 그러나 남성성이 몸에 배어 이것이 굳어진 그녀는 그녀 자신이 여성성을 회복할 수 없다는 것을 알기에 마이크나 로메로 그 어느 누구하고도 결혼할 수 없게 된다. 그러나 그녀의 이런 남성성에도 불구하고, 브렛은 젊고 순수한 투우사인 로메로에게 그녀가 해롭다는 것을 알기 때문에 떠나보낸다고 한다. 로메로가 브렛과 결혼하기를 원했음에도 불구하고 자신 같은 남성성을 가진 여성이 19세의 어린 로메로의 미래를 망쳐 놓을까 두려워서 떠나보내는 모성애를 보임으로써 그녀의 남성적 이미지를 완화시킨다. 브렛은 결국 마이크의 까다로운 사랑과 코온의 치근덕거리는 사랑도 아닌 로메로의 가식 없는 청순한 사랑에 매혹되지만, 로메로를 파멸에 빠뜨리고 싶지 않아서 그와 헤어진다. 브렛은 이러한 자신의 심정을 마드리드에서 재회한 제이크에게 "나는 서른네 살 아니에요. 난 어린애들 장래를 망쳐 주는 화냥년이 될 생각은 없어요."(244)라고 말한다. 이처럼 브렛은 자신의 나이가 34세라는 것을 재인식하고서 일종의 윤리의식과 도덕심을 회복한다. 윤리의식과 도덕심의 회복과 함께 브렛은 "화냥년이 안 되기로 마음을 정하니까 여간 기분이 상쾌한게 아니에요."(245)라고 말하면서 자신의 의지를 다지게 된다.

헤밍웨이는 원래 남녀주인공인 제이크와 브렛을 비롯한 허무의 무리들을 창출하여 절망과 환멸에 빠져 있는 20세기를 대변하려 했지만 「병사들의 고향」의 크렙스의 동생 헬렌 (Helen)과 『해는 또다시 떠오른다』의 젊은 투우사 로메로 같은 희망적인 작중 인물들도 작품 속에 병치시킴으로써 작품 전체의 분위기를 무의미한 허무의 반복적인 순환 속으로만 이끌어 가지는 않는다. 새뮤얼 쇼(Samuel Shaw)는 헤밍웨이가 이상적인 주인공의 모델로서 로메로를 제시하고 있다는 점을 다음과 같이 지적하였다.

> 로메로는 오염되지 않은 삶의 지표를 가진 인물로, 제이 크나 브렛의 무절제한 애욕의 행각과 공허한 삶과는 대조 되는 인물이다. 그는 환멸에 빠져 있는 작중 인물들로 하 여금 성실한 삶의 방향을 찾게 하고 새롭게 삶의 방향을 인식시켜 준다『어니스트 헤밍웨이(*Ernest Hemingway*)』 5].

헤밍웨이는 이상적인 주인공의 삶의 지표를 로메로와 같은 오염되지 않은 삶에다 두고, 제이크와 브렛을 비롯한 찰나적인 무절제한 애욕의 행각과 공허한 삶을 비교 제시함으로써 환멸에 빠져 있는 작중 인물들로 하여금 성실한 삶의 방향을 찾게 하고 새롭게 삶을 인식하는 지표가 되게 한다. 이미 언급한 바와 같이 이 작품의 전체적인 분위기는 허무적인 분위기에 휩싸여 있다. 그러나 제이크의 일과 삶에 대한 의지, 그리고 로메로의 장래를 생각하고, 자신의 남성성과 나이를 인식하는 브렛의 도덕심의 회복은 삶에 대한 일종의 새로운 가치관의 정립인 것이다. 끝없이 반복되는 무가치한 허무

속에서도 두 사람이 보여 주는 이런 행동은, 그들이 빠져 있는 허무의 세계가 새로운 삶을 위한 가치관을 정립하려고 노력하는 허무의 세계임을 입증한 것이다. 이런 상태에서 진정한 사랑을 갈망하는 브렛은 섹스의 대상은 되지 못하지만, 자신을 진정으로 사랑해 주는 제이크의 필요성을 느끼게 된다. 제이크가 브렛에게 코온과 마이크와의 애정관계에 대해서 말하자, 그녀는 더 이상 이들에 대해 이야기하는 것을 싫어하며, 자신이 진정으로 사랑하는 사람은 제이크뿐이라고 말한다. 진정한 사랑이 없는 절망 속에 빠져든 자신을 지켜봐 달라고 브렛은 제이크에게 "아아, 여보, 내 곁에 있어 줘요. 제발, 내 곁에서 내가 이걸 다 이겨 내는 걸 봐 줘요."(184)라고 말하지만 제이크는 그녀의 열정을 충족시킬 수 없어 그녀의 공허한 섹스는 날이 갈수록 그 심도를 더해 갈 뿐이다. 그러나 이들은 무가치의 허무가 끝없이 회귀하는 공허한 절망감 속에서도 새로운 삶의 탈출구를 찾아보려 한다. 제이크는 일하러 가는 사람들을 바라보면서 "일하러 가는 것이 기분이 좋았다"(36)라고 생각하며, 의타심을 버리고 교환가치와 대가를 지불하려는 새로운 삶의 방향도 모색하게 된다. 이런 면은 「병사들의 고향」의 크렙스가 새로운 삶과 일자리를 찾아서 캔자스시티로 나가려는 의도를 보이듯이, 인생을 긍정하는 새로운 삶의 방향을 정립하려는 의지라고 보인다. 제이크가 새로운 삶의 방향을 모색해 보려는 것처럼 브렛 역시 방황과 퇴폐의 늪 속에만 머물러 있지 않고 새로운 삶의 방향을 찾게 된다. 즉 브렛은 지난날의 삶을 후회하며 로메로와 헤어진 이유를 묻는 제이크의 말에 직접적인 대답은 회피하지만, "할 짓이 아니에요."(241)라고 말함으로써 무절제한 애욕의 행각을 청산해 보려는 의지를 보인다.

이 작품의 마지막에 브렛은 택시 안에서 제이크의 품에 안겨 마드리드 시내를 드라이브하면서 평안을 얻게 된다. 이와 같이 그녀는 어렵고 힘들 때마다 제이크의 품 안에서 위안을 얻는다. 이는 전쟁으로 인해 여성성을 상실한 브렛이 역시 전쟁으로 인해 남성성을 상실한 냉철하고 객관적인 제이크와 어느 정도 뒤바뀐 남녀 역할이 조화를 이룰 수 있게 된 때문이다. 제이크는 모든 상황과 다른 사람들에 대해서는 객관적이고 냉철하지만 브렛에 관해서는 그녀의 말과 행동을 무조건적으로 수용하는데, 그의 이런 점이 브렛의 남성성과 조화를 이룰 수 있게 된다. 제이크의 이러한 모습이 그의 남성성의 상실에도 불구하고, 전쟁의 상처로 여성성을 상실한 브렛의 남성성을 수용하게 하는 것이다. 리나 샌더슨(Rina Sanderson)은 이런 성역할의 전도를 자연스럽지 못한 인간관계로 보았다.

> 브렛은 성적인 기대치에 있어서 전통적인 남성을 닮았고, 제이크는 전통적인 여성을 닮았다…… 그들의 성역할에 있어서의 전도는 그 양성 간에 무언가 잘못됐다는 느낌을 준다(리나 샌더슨 『헤밍웨이와 성별의 역사(*Hemingway and*

Gender History)』 179].

결론적으로 브렛의 남성성에 대해 정리해 보면, 전쟁으로 인한 두 번의 결혼 실패와 그 좌절감에서 온 여성성의 상실로 그녀의 남성성이 비롯되었음을 알 수 있다. 제이크와는 정신적으로는 사랑하는 사이이지만, 그의 성기능 장애로 성역할이 전도되어 제이크는 수동적인 입장이 된다. 제이크가 헤밍웨이 자신이라는 견해도 있다. 프로이트 관점에서 볼 때 헤밍웨이는 거세 공포증(castration phobia)과 성행위 공포증이 있으며 호모 기질도 있다는 것이다(리나 샌더슨 182). 또한 브렛은 제이크가 상실한 성적인 역할을 대신 제공해 줄 남성을 찾는 적극적인 위치에 있게 되고, 성역할이 전도됨으로써 남성성의 소유자가 된다. 하지만 다른 한편으로는 사랑하는 사람을 위한 모성적인 속성을 보이면서 그녀의 휴머니즘적인 면과 양성적인 면인 이중성을 엿볼 수 있다. 성에 대한 그녀의 관심과 집착은 억압된 성의식에서 벗어나려는 해방욕구의 또 다른 행동화 표현으로 인식될 수 있다. 말하자면 심리적 긴장의 해소를 위한, 강박적이긴 하지만 자구적인 행동의 하나로 볼 수 있다. 이와 같은 브렛의 남성성은 전쟁과 사랑으로 인한 절망감에서 살아남기 위한 생존 전략인 셈이다. 이런 점에서 보면 존 스튜어트 밀의 "남성성·여성성은 교육과 환경과 모성적인 속성이 상호 의존함으로써 결정된다"(밀 73)라는 말은 타당성이 있는 이론이다.

2. 『무기여 잘 있거라』: 캐서린 바아클리

　『무기여 잘 있거라』는 헤밍웨이의 대표작 중 하나로서 『해는 또다시 떠오른다』와 함께 1차 세계대전 후 출현한 '잃어버린 세대'라고 불렸던 작가들의 사상과 철학을 잘 표현한 작품이다. 잃어버린 세대의 문학은 1차 세계대전의 쓰라린 체험을 통하여 종교나 도덕, 심지어 인간적인 정신까지 잃어버린 사회상을 적나라하게 묘사하고 있으며, 절망, 허무, 환멸, 인간능력의 부정, 질서의 파괴, 신앙의 부재 등에서 인간 존재의식을 찾았다. 요컨대 그들의 문학은 인간의 존엄성을 포기한 문학이며, 삶과 대립적인 죽음을 인간의식 속으로 도입하여 죽음의 의식을 문학화하고 있다고 하겠다. 『무기여 잘 있거라』는 전쟁의 폭력으로부터 고통을 겪고 있는 사회의 인간조건을 주제로 하고 있는 절망적인 작품으로서 19세기의 전통적인 이상과 가치관을 거부하고 전쟁의 폭력으로 충만된 20세기의 인간의 혐오와 환멸을 묘사하고 있는 우화라고 할 수 있다. 필립 영도 "헤밍웨이의 작품세계는 거의 대부분 현실적이며 실용적인 결과를 맺지 못하고 붕괴되고 파멸되는 불모의 세계를 묘사하고 있다"(216)고 말한 바 있다. 이처럼 헤밍웨이의 작품세계는 허무적인 세계관으로 일관하고 있으며, 현실세계에서 인간의 파멸과 죽음은 운명적이며, 인간은 그 운명에서 헤어날 수 없다는 것을 주제로 하고 있다. 낙천적인 이상주의에 기초를 둔 19세기의 전통적 도덕과 가치기준은 세계대전으로 말미암아 파괴되고 욕구불만의 인간본능에 기조를 둔 퇴폐적인 자연주의 사상이 팽배하게 된 사회에서 주인공들이 전통적인 추상적 가치관과 윤리도덕에 환멸을 느껴서 결국 염세적인 인생관을 갖게 된 것은 당연한 귀결이었는지도 모른다. 헤밍웨이의 주인공들은 전쟁, 유혈, 공포, 죽음 및 파괴의 환경에서 살아왔다.

헤밍웨이는 이 작품에서 전쟁을 배경으로 한 인간의 운명이 어떻게 환경에 의해 지배당하는가를 묘사하고 있다. 헤밍웨이에게 있어서 우주는 인간에게 냉담하며, 아무런 관련이 없는 비인격적인 존재이며, 인간은 우주 속에서 방황하는 하찮은 존재이다. 그가 목격했던 포탄 사격, 계곡과 산의 모양, 강의 흐름 등의 외관을 사진을 찍듯이 사실적으로 묘사하고 있으나, 그 묘사의 표층 밑에는 그가 보는 전쟁, 살인, 폭력, 고통 등 처절한 비극적 실체가 자리 잡고 있다. 이러한 분위기에서 작가들이 본 것은 졸라(Émile Zola)나 드라이저(Theodore Dreiser)의 주인공들인 나나(Nana), 그리고 케리(Carrie)의 비참한 일생은 사회제도의 모순성에 의해 만들어졌다는 것이다. 사회조직의 파괴 속에서 등장하는 헤밍웨이의 초기 작품 주인공들은 외부적인 힘, 즉 사회의 악에 저항하지 않고 대체적으로 좌절되고 말았다. 『무기여 잘 있거라』는 '공포와 좌절'에 의한 환멸이 내포된 반전사상을 기조로 한 허무주의적인 작품이다. 이와 같은 허무주의의 영향을 받은 여주인공인 캐서린 바아클리가 자신의 미모로 남자주인공인 헨리를 매혹시켜 파멸에 이르게 하는 뇌쇄적인 인물로 어떻게 묘사되는지를 살펴보도록 하겠다.

헤밍웨이의 작품 중『무기여 잘 있거라』의 캐서린만큼 다양하고, 상반되고, 강렬한 반응을 불러일으키는 인물도 없을 것이다. 그녀는 이상화되기도 하였고, 비난받기도 하였다. 헤밍웨이는 캐서린을 너무나 이상화했기 때문에 비난을 받았다. 그녀는 이상적인 여인상으로 혹은 악녀로 찬사와 비난을 한 몸에 받았다. 일부 독자들은 캐서린이 선의를 위하여 적극적으로 활동했다고 동의하는 데 반하여, 또 다른 독자들은 그녀가 악의적인 행위에 가담했다고 말하기도 했다. 캐서린에 대한 이 같은 상반된 견해는 에드먼드 윌슨이『헤밍웨이: 도덕성의 표준(*Hemingway: Gauge of Morale*)』에서 언급한 바 있다. 윌슨에 의하면 헤밍웨이의 여주인공들은 다음 두 범주의 하나에 속한다고 말한다. 즉, 첫 번째 부류의 여주인공들은 남자주인공들에게 완벽한 애인이 되어 주는 순종적인 앵글로색슨계의 여인들이고, 두 번째 부류의 여주인공들은 남자의 영혼을 파괴하는 미국의 음탕한 여자들이라는 것이다(137). 두 부류의 여성에 대한 윌슨의 입장은 오랫동안 많은 비평가들에게 지대한 영향을 끼쳐 왔다. 우선 캐서린이 첫 부류의 여주인공에 속한다고 생각하는 비평가들은 그녀가 긍정적인 인물이며 여성의 본질을 구현한다고 여기고 있다. 여주인공에 대한 찬사는 헨리 해즐릿(Henry Hazlitt)과 매슈스(T. S. Matthews)와 같은 초기 비평가들로부터 시작된다. 해즐릿은 1929년 9월 28일자 뉴욕 선(*New York Sun*)지의 서평란에 "캐서린은 훌륭한 용기와 고귀한 손길을 지니고 있다"(12)고 적었고, 매슈스는 같은 해 10월 9일자 뉴 리퍼블릭(*New Republic*)지에서 『무기여 잘 있거라』의 여주인공은 뚜렷한 신념을 구현하고 있다고 전제하면서, 우리는 절망의 곡조가 아니라 용기의 중저음을 듣게 되는데, 캐서린이 이 같은 변주를 일으킨 중요한 악기가 된다고 주장하였다.

헤밍웨이문학의 전문가들인 필립 영과 베이커는 1950년에 각각 헤밍웨이 연구서를 발간하면서, 캐서린이 헤밍웨이의 이상적인 여인이라는 데에 의견을 같이하였다. 한편 캐서린에 대해서 부정적인 시각을 보여 주었던 비평가들도 상당수 있다. 1950년 테오도르 베르닥크는 그의 평론 『헤밍웨이의 여성들(*Hemingway's Women*)』에서 "캐서린은 여성스러움에도 불구하고 그녀의 고독한 사랑이 헨리를 파멸로 이끌었다"(350)고 지적하였다. 그리고 캐서린을 달콤한 가면을 쓴 파괴적인 인물로 묘사한 비평가로 레오 거르고(Leo Gurko)가 있는데, 그는 『헤밍웨이와 영웅의 추구(*Ernest Hemingway and the Pursuit of Heroism*)』에서 "캐서린이 프레드릭 헨리(Frederic Henry)와의 사랑에서 위협적이고 끈질긴 면을 보였기 때문에 그에게 거머리 같은 그림자가 되었다"(60)고 말하였다. 로버트 루이스(Robert Lewis) 같은 비평가는 "사랑의 모순과 불합리한 행위 속으로 애인을 유인함으로써 그를 파멸에 이르게 하는 요부의 힘이 그녀의 내부에 있음을 발견했다"(45)고도 하였다. 또한 레슬리 피들러는 『미국 소설에 나타난 사랑과 죽음(*Love and Death in the American Novel*)』에서 "만약 캐서린이 살아났더라면, 그녀는 단지 암컷, 즉 음란한 여자가 되었을 것이다"(168)라고 말하였다.

헤밍웨이는 이 작품에서 여러 가지 대립적인 요소를 상징적으로 묘사하고 있는데, 베이커는 이것을 '두 개의 극(two poles)'(289)이라고 말하고 있다. 무표정하고 지친 패잔병들의 이동 모습이 있는 '저지대(low land)'이고, 아무런 목표물도 없이 승리에 사로잡힌 오스트리아군이 마치 축제라도 있는 듯 마구 포를 쏘아 대고 있는 모습이 '고지대(high land)'이다. 이러한 고지대와 저지대의 대립적 요소는 주요 등장인물에게도 나타나고 있는데, 먼저 고지대 출신의 신부는 자기 고향인 케프라코타(Capracotta)는 시원하고 사냥하기가 좋은 긍정적 삶의 고장이라고 조용히 웃으며 말하고 있는 반면에, 저지대 출신인 보병 대위는 저지대인 도회지에서의 술과 여자들에 대한 부정적 삶에 대해 열을 올리며 떠들어 대고 있다.

고지대 출신인 젊은 종군신부와 저지대 출신인 젊은 대위 사이에 서로 대립적인 대화가 펼쳐진다.

> "신부님이 오늘은 여자하고야." 대위는 신부와 나를 번갈
> 아 바라보면서 말했다. 신부는 미소 짓고 얼굴을 붉히며
> 고개를 저었다……. "신부님은 여자하고만 있었대." 하고
> 대위는 계속했다. "신부님은 밤마다 5 대 1이야."(4)

저지대 출신인 젊은 대위는 신성을 나타내고 있는 고지대
출신인 종군신부에게 창녀를 대화에 올리고 계속 놀려 대면
서 문이 닫히기 전에 창녀집에 가자고 독촉한다. 헨리와 군의
관 리날디(Rinaldi)의 대화 내용도 저지대에서의 방탕한 성생
활에 대한 것으로 일관하고 있다.

> "그래, 멋있는 모험도 해 보았나? 그럼, 어디서?" "밀라노,
> 피렌체, 로마, 나폴리……." "여자는 어디서 만났나? ……
> 밤새도록 같이 있었나?"(13)

이와 같은 욕정을 발산하는 대상으로 창녀집에 드나드는
군인들의 상황은 비록 여기에서만은 아닐 것이다. 사랑이 없
는 성생활을 하고 있고, 또 그것을 하나의 유희적인 것으로
삼고 있는 것도 그들만이 누리고 있는 행위일 것이다. 그러는
가운데 리날디의 소개로 헨리(Henry)는 캐서린을 영국군 야전
병원 뜰에서 만나 서로 인사를 나눈다. 창녀들의 대화에 쏠려
있던 그에게는 참신한 여성을 대하게 되었다는 것이 얼마나
충격이었을까? 헨리의 눈에 비친 그녀의 모습이 어떻게 묘사
되고 있는지 알아보자.

캐서린은 키가 매우 컸다. 간호사 복장으로 보이는 옷을
입은 그녀는 금발에 황갈색 피부와 회색빛 눈을 갖고 있
는 대단히 아름다운 여성이란 생각이 들었다(18).

'키가 매우 크고, 금발에, 황갈색 피부, 회색빛 눈'과 같은
표현들은 헨리가 첫눈에 그녀에게 이끌렸음을 암시하고 있
다. 아마 이것은 그녀와의 사랑의 싹의 원초가 되는 힘이 되
었을 것이다. 헤밍웨이는 자기의 이상적인 여성상을 거의 미
녀들로 묘사하여 많은 형용사를 쓰고 있다. 예를 들면, 'damned
good-looking', 'very beautiful', 'extraordinarily pretty' 등등 많은
억제력을 잃은 열정적인 표현들이다. 헨리와 캐서린이 두 번
째로 만났을 때, 그녀는 자기는 정식 간호원이 아니어서 행동
과 외출을 마음대로 할 수 없다고 말하면서 여성으로서의 몸
조심과 남성에 대한 경계를 하고 있다는 뜻을 비친다.

우리는 어둠 속에서 서로 바라보았다. 그 여자가 퍽 아름
답다고 생각하고 그 여자의 손을 잡았다. 손을 주고 가만
히 있기에 손을 쥔 채, 한 팔로 겨드랑을 껴안았다(24).

이와 같이 헨리는 캐서린의 말은 아랑곳하지 않고 우선 행
동으로 나간다. 이러한 그의 행동은 캐서린의 갑작스러운 일
격으로 거절을 당한다. 그러나 캐서린은 곧 "정말 미안해 죽
겠어요"(24) 하고 말했다. 그녀는 "그저 비번인 간호사는 밤
이면 으레 그러리라고 여겨지는 게 견딜 수 없었어요. 기분

상하게 해 드릴 생각은 없었어요”(24)라고 사과한다. 그러면서 캐서린이 “당신은 좋은 분이세요”(24)라고 말하자 헨리는 “아니, 그렇지도 않아요. 그래요, 당신은 좋은 분이에요. 괜찮으시다면 키스해 드리겠어요”(24)라고 말한다. 이것은 둘 사이의 사랑의 첫 단계라고 할 수 있다. 헨리는 “장기에서 말을 움직이는 것처럼 앞이 훤히 내다보였다”(24)라고 말하고 있고, 군의관이 캐서린 양과 진전이 있느냐고 묻자 “우리는 서로 친구 사이다”(25)라고 대답한다. 만난 지 세 번째 되는 날, 캐서린은 헨리를 바라보며 “그럼, 나를 사랑하는가?”(26)라고 묻자 그는 “예”라고 답한다. 다시 그녀가 “당신이 나를 사랑한다고 말했었지요?”(26)라고 묻자 그는 “그렇다”라고 말하면서 자기는 예전에 “당신을 사랑해”라고 말해 본 적이 없다고 말한다. 서로 간에 사랑에 대한 탐색이 진행되고 있으며, 서로 간절히 만나 보고 싶은 심정으로 떨어져 있다는 것에 괴로워하고 있는 모습이다. 이제는 둘이서 만나면 외적인 접촉은 예사로운 것이 되었으며, 캐서린은 ‘다알링(darling)’이라는 말을 기꺼이 사용하고 있다. 여기에서 헨리는 그녀가 자기에게 미쳐 있다고 착각한다. 헨리는 자기가 캐서린에게 빠져들고 있다는 것에 대해서는 개의치 않고 오히려 장교들만 상대하는 창녀집에 드나드는 것보다는 낫다고 스스로 생각한다. 실제로 그는 아직 그녀를 사랑하지도 않았고, 또한 사랑할 생각도 없었다고 생각하며 이것은 카드놀이에서의 브리지 게임이나 체스 게임과 다를 것이 없다고 생각한다.

> 나는 키스할 때 얼굴이 보이도록 그 여자 고개를 이쪽으
> 로 돌렸는데, 그녀는 두 눈을 꼭 감고 있었다. 감은 눈에
> 도 키스를 했다. 이 여자가 아무래도 너무 열을 올리나 보
> 다 하는 생각이 들었다. 그렇더라도 상관없다. 내가 어떤
> 지경에 빠지건 알 게 뭐냐. 저녁마다 장교용 갈보집에 가
> 서 계집애들이 우글우글 덤벼들고, 친구 장교들과 번번이
> 2층으로 오르내리면서 애정의 표시랍시고 군모를 거꾸로
> 씌워 주고, 캐서린을 사랑하고 있지 않고 전연 그럴 생각
> 도 없다는 것을 잘 알고 있었다. 이것은 카드놀이의 브리
> 지나 마찬가지로 일종의 장난이다. 그저 카드를 갖고 하
> 는 대신에 말로 하는 것이다. 브리지처럼 돈이나 그 밖에
> 라도 건 것을 위해서 놀음을 하는 척하면 된다. 건 것이
> 뭔지 아무도 말하지 않았다. 나는 아무래도 좋았다(24).

헨리의 마음을 알아차린 캐서린은 그의 행동을 거절하며, "우리가 치사한 장난(rotten game)을 하고 있는 게죠?"(25)라고 말하면서 자기를 사랑하는 체하지 말라고 한다. 그러나 그는 전에 사랑하지 않았다는 생각은 잊은 채, "나는 당신을 사랑하고 있는데"(27)라고 강력히 호소한다. 그녀는 이 말에 "제발, 그럴 필요가 없는데, 거짓말은 그만두도록 합시다. 저도 아까는 제법 멋있는 연극을 했지만, 지금은 본정신으로 돌아왔어요. 전 미치지도 않았고, 정신이 나간 것도 아니에요. 어쩌다가 더러 그럴 때가 있어요"(28)라고 말한다. 장교는 군 간호사쯤은 함부로 다루어도 별로 문제가 되지 않을 것이라는

생각에 대한 강력한 경고처럼 들린다. 이 말에 헨리는 캐서린을 함부로 다루어서는 안 되겠다는 생각을 한다. 여기에서 헨리는 오히려 그녀에게 주도권을 빼앗기고 사로잡히는 모습을 보이기 시작한다. 그녀는 "당신, 매우 좋은 분이세요. 당신은 매우 멋있는 남자예요"(28)라고 헨리를 치켜세우면서도 또 와 주겠느냐고 묻는다. 그의 대답은 물론 긍정이다. 그러나 그녀는 그에게 "저를 사랑한다는 말씀은 하실 필요가 없어요. 당분간 그런 건 걷어치우기예요"(28)라고 말한다. 헨리는 캐서린을 면회하러 갔다가, 그녀가 아프다는 이유로 면회를 거절당한다. 헨리는 캐서린을 처음엔 사랑할 마음이 추호도 없었지만, 캐서린을 면회하러 가서 그녀를 만나지 못하자, 그는 괴로움과 적막함을 다음과 같이 느낀다.

문밖으로 나오자 나는(헨리) 갑자기 고독감과 공허감(empty)을 느꼈다. 나는 캐서린을 만난다는 것을 가볍게 생각했고, 약간 술이 취해서 만나러 오는 것도 거의 잊어버리고 있었지만 막상 못 만나게 되니까 고독과 공허를 느끼는 것이었다(41).

캐서린이 헨리의 가슴속에서 차지하는 비중이 커졌기 때문에 캐서린을 만나지 못함으로써 헨리는 쓸쓸함과 공허감을 더 느끼게 된 것이다. "나는 캐서린을 만난다는 것을 가볍게 생각했었다"(55)라는 문장에서 이제는 헨리가 캐서린을 진정으로 사랑하게 됨을 알 수 있다. 다시 말하면 헨리는 그녀를 너무 가볍게 생각하고 대해 왔던 것을 후회하고 있었다. 그리고 이제는 그녀를 보지 못하면 쓸쓸하고 속이 텅 빈 느낌을 갖게 된 것이다. 즉 그녀에게 완전히 사로잡힌 것이다. 루이스(Robert Lewis)가 말한 "사랑의 모순과 불합리한 행위 속으로 애인을 유인함으로써 그를 파멸에 이르게 하는 요부의 힘"(45)이 효력을 발휘하기 시작했다고 볼 수 있다. 그다음 날 헨리는 캐서린을 문병하고, 자기는 다음 날 전선으로 향한다는 것을 알릴 겸, 그녀를 찾아간다. 헨리가 전선으로 향한다는 말을 듣고 캐서린은 목에 걸고 있던 성 안토니상의 목걸이를 그에게 걸어 주며 몸조심하라고 당부한다. 이렇게 캐서린이 성 안토니상을 목에 걸어 주는 모습은 모성애를 느끼게 해 주며 헨리에게 캐서린은 어머니와 같은 존재로 느껴진다. 이 장면은 여성이 주도하는 가정에서 어린 시절을 보낸 헤밍웨이가 어린 시절 어머니에게서 느껴 보지 못했던 정신적으로 이상적인 어머니로서의 모습을 묘사한 것으로 추측된다. 목걸이를 헨리의 목에 걸어 주고 난 후, 캐서린이 "안녕"이라고 작별 인사를 하자 헨리는 "싫소, 안녕이라고 말하지 마시오"(46)라고 항변한다. 전선으로 돌아갔던 헨리는 적의 박격포탄에 맞아 중상을 입고 야전 병원에 후송된다. 그는 리날디를 만나자마자 "자네, 캐서린 바아클리 만나 봤나?"(63)라고 묻는다. 곧 데려오겠다고 말하지만 그들은 다시 창녀에 대한 이야기를 한다.

　　"계집다운 것은 없어, 벌써 두 주일이나 교체를 안 하니 말
이야. 난 이젠 거긴 안 가네. 창피하게 됐어. 계집이라는 건
없어, 모두 낯익은 전우란 말이야. 그럼 전연 안 가나 그래?
새것 왔나 하고 가 보는 정도야. 잠깐 들리는 게지."(65)

　　이와 같은 대화를 통해 군인들은 언제나 여자들을 성적인
대상으로만 보고 있음을 알 수 있다. 헨리는 다시 종군신부를
만나게 된다. 신부는 신에 대해 이야기하며 그에게 신을 믿으
라고 권한다.

　　"당신도 하느님을 사랑해야 합니다. 나는 뭐든지 열렬히
사랑하지 않는 성품이랍니다." "아니오." 하고 그는 말했
다. "사랑해 보세요. 당신이 밤이면 내게 하던 이야기, 그
건 사랑이 아닙니다. 그건 단지 정열이고 육욕이지요. 사
랑을 하면 그것을 위해서 무엇을 하고 싶은 법입니다. 그
것을 위해서 희생하고 싶지요. 봉사도 하고 싶고요."(60)

　　사랑이란 욕정과 탐욕과는 다르며, 사랑을 하면 희생하고
봉사하고 싶어 하는 마음이 생긴다는 신부의 말에 자기는 신
을 믿지 않겠다고 하면서도 신부에게 헨리는 "여러 가지 좋
은 선물을 주셔서 감사합니다"(73)라고 대답한다.

　　헨리는 후송병원에서 보고 싶었던 캐서린을 만나 기쁨을
맛본다. 헨리가 그녀를 만났을 때의 그녀의 모습을 "그녀는
젊고 매우 아름답다. 나는 예전에 그렇게 아름다운 여자를 본
적이 없었다"(74)라고 묘사하고 있으며, 그때의 심경을 "내가

그녀를 보는 순간 나는 그녀와 사랑에 빠져 버렸다. 나의 내부에서 모든 것이 뒤죽박죽이 되었다”(74)라고 말하고 있다. 헨리는 캐서린을 보자 사랑에 빠진 것이다. 그리하여 헨리가 그녀를 부르는 말 속에는 “당신은 달콤하고 아름다운 여자요”(75)와 같은 경탄의 말들이 들어 있으며, 자기가 환자라는 것도 잊어버리고 “당신이 나를 사랑한단 말이에요?”(75)라는 그녀의 물음에 “나는 정말로 당신을 사랑하고 있소. 그리고 나는 당신에게 미쳐 있어요”(76)라고 답한다. 헨리는 완전히 캐서린에게 사로잡힐 정도로 격정에 달해 있다. 이러한 헨리를 캐서린은 사실 죽은 자신의 약혼자의 대역으로서 그를 선택했다. 그러나 아이러니하게도 헨리는 자신이 이 게임에서 어떤 내기를 걸었는지에 관심도 갖지 않는다. 헨리는 자기가 이 게임에 자기의 모든 것을 건 것이라는 것을 아직 모르고 있었다. 반면에 캐서린은 헨리를 자신의 목적을 위해 이용했고, 또한 내기의 규모도 고액이었다. 헨리는 이미 캐서린과의 열정적인 사랑에 매몰되어, 그녀를 아끼고 소중히 여기며, 서로는 과거의 행적을 확인하려고 한다.

“고백하세요. 지금까지 여자를 몇이나 사랑했어요?” “하나도 없소.” “나도요?” “당신이야 사랑하지.” “정말 나 말고 몇이에요?” “없다니까.” “몇 사람하고 — 무엇이라 하면 좋을까? — 같이 잤어요?” “없었다니까.” “거짓말.” “정말이야.” “좋아요. 내게는 꼭 그대로 거짓말을 우기세요. 그게 내가 바라는 바니까요. 예쁜 여자들이었어요?” “같이 잔

여자가 없다니까." "옳지, 퍽 매력이 있었나요?" "그런 건
전혀 몰라. 당신은 내 것이야." "그게 참말이고 아직 한
번도 다른 사람의 것이 되어 본 일이 없었단 말이에요. 그
렇지만 그런 일이 있었어도 괜찮아요. 그런 것들은 겁나
지 않아요. 그래도 그런 이야기는 내게 하지 말아요. 남자
가 여자하고 잘 때 말이에요. 돈 이야기를 꺼내는 건 언제
인가요?" "그런 건 몰라." "물론 모르시겠지요. 여자가 남
자를 사랑한다고 그러나요? 그건 알려 주세요. 그건 알고
싶어요." "그렇지, 남자가 그걸 바랄 때는 말이야. 남자도
여자를 사랑한다고." "그러고요? 꼭 알려 주세요. 중요한
문제니까요." "남자가 그러고 싶으면 그러지." "그렇지만
당신은 그런 일이 없었죠? 정말이죠?" "그런 일은 없었
어." "정말 없었단 말이죠? 바른 대로 말해 주세요." "없었
다니까." 나는 거짓말을 했다. "안 하셨을 거야."라고 캐서
린이 말했다. "안 하셨다는 걸 난 알아요. 아아, 당신을 사
랑해요."(105)

캐서린은 헨리의 다른 여자와의 관계를 끈질기게 확인하
며, 이제 자기만을 사랑해 주기를 간절히 바라면서 그가 원하
는 대로 하겠다고 다짐한다.

"당신이 듣고 싶어 하는 말만 하고, 당신이 원하는 짓만
하고, 그러면 다른 여자 생각은 안 나시겠지요? 네?" 그
여자는 퍽 행복스러운 표정으로 나를 바라보았다. "당신
이 원하는 말만 하고, 당신이 원하는 짓만 하면 틀림없이
당신 마음에 들겠죠? 안 그래요? 그럼, 인제 준비가 다 되
었는데 뭘 해 드릴까요?" "또 한 번 침대로 와요." "음, 좋
아요, 가겠어요." "아, 다알링, 다알링, 다알링." 하고 나는
중얼거렸다. "거 보세요. 당신이 원하는 거면 뭐든지 하잖
아요?" "정말 귀여워. 난 아직 이런 짓 잘 못할지도 몰라

요.” “정말 귀여워.” “당신이 원하는 거면 나도 원해요. 이
제는 나라는 건 없어요. 당신이 원하는 대로예요.” “귀여
운 사람.” “나도 꽤 좋지요? 안 그래요? 다른 여자 생각 없
지요? 네?” “그럼.” “그렇죠? 나도 좋아요. 난 당신이 원하
는 대로 해요.”(105)

이 대화는 자신을 버리고 상대 남성과 하나가 됨으로써 다
시 자신이 되는 것을 보여 준다. 이것은 또한 그리스 신화에
서 인간이 남녀로 분리되기 전의 남녀 한 몸이었던 ‘자웅동
체인간(hermaphrodite)’임을 느끼게 한다. 자신을 철저히 버림
으로써 자신이 타인과 동일한 존재, 즉 일심동체가 되어 타인
을 소유하는 강력한 사랑의 소유주가 되고 싶어 하는 것이다.
이제 헨리와 캐서린 사이에는 아무런 장애물도 없다. 그들의
사랑은 완전한 하나로 된 것이다. “거기에는 나란 존재는 없
어, 내가 바로 당신이니까.” “나를 떼어 놓지 마세요. 당신이
알다시피 저는 당신 외에 어느 누구하고도 사랑해 본 적이
없어요. 당신은 나의 전부예요”(107)라고 자기의 사랑에 대한
신념을 헨리에게 확신시키고 있다. 헨리는 부상이 거의 완쾌
될 무렵 이곳저곳을 돌아다니면서, “내가 원하는 것은 캐서
린을 만나기 위한 것이다”(107)라고 그녀에 대한 생각으로 가
득 차 있다. 또 이들이 서로 염려하고 아끼는 대화에는 “난
당신이 불행해지지나 않을까 싶어서 걱정이 돼요”(108)라고
그녀가 말하면, “나에 대해서는 걱정 마시오, 난 도리어 당신
이 걱정되오”(108)라고 서로를 위로하고 있다. 캐서린은 아기

를 가진 지 이미 3개월이 되었다고 말하며, 헨리를 위로하고 서로 격려하게 된다. 이 두 사람은 함께 있으면 항상 기쁨에 충만되었으며, 또 항상 함께 있을 것이라고 확신하고 있다. 두 사람이 밀란에서 함께한 마지막 날 밤에, 캐서린이 자신을 호텔 안의 매춘부같이 느낀 그 순간에도, 그녀는 그 호텔방을 '가정'으로 변형시킨다. 어떠한 조건에서도 모든 것에 대해 최상의 의미를 두자는 그녀의 결심은 놀랍기도 하며, 사랑스 럽기도 하다. 헨리는 캐서린과의 결혼에 대해 당연한 것으로 받아들인다. 하지만 캐서린은 결혼에 대한 관심이 별로 없다. 이 사실에 헨리는 의아해한다. "나는 여자들이 언제나 결혼 하기를 원한다고 생각했다."(115) 그러나 캐서린은 그 단계를 훨씬 초월한다. "우리는 비공식적으로 결혼한 상태예요."(115) "당신도 아시다시피, 나는 결혼을 기다린 경험이 있어요"(115) 라고 그녀는 헨리에게 상기시킨다. 헨리는 완전히 부상에서 회복되어 다시 전선으로 향했지만, 이탈리아군의 패배로 케 포레토에서의 총퇴각을 하는 급박한 상황 중에도 캐서린에 대한 그리움을 나타낸다. 헨리가 캐서린을 생각하는 강도는 공간을 초월하여, 마치 둘이 마주하여 대화를 나누는 듯이 생 생하다. 케포레토 후퇴 시 첩자로 오인되어 체포되었다가 죽 음의 순간 앞에서 탈출하여, 강 속에 뛰어들어 구사일생으로 살아난 헨리는 오직 캐서린을 만나기 위해 지나가는 기차에 몰래 올라타고 가는 순간에도 캐서린만을 생각하고 있었다.

탈출병으로 몸을 피하며 다니다가 헨리는 드디어 그리워했던 캐서린을 만나게 되지만 그들이 마음 놓고 갈 곳은 없다. 자기 스스로가 평화를 찾아야 했다. 그래서 헨리는 '단독강화(separate peace)'를 했다고 말한다. 참혹한 전쟁과는 완전히 결별한 것이다. 헨리가 강물에 투신한 행위는 단순한 위기 모면 이상의 상징적인 의미를 내포하고 있다. 헨리의 탈출은 전쟁이라는 무자비하고도 방대한 폭력의 메커니즘 속에서 하루살이와 같이 맹랑한 개인의 죽음이 얼마나 무의미하고 거기에는 아무런 영광도, 가치도 발견할 수 없다는 것을 뼈저리게 깨닫는 순간의 행동이었다. 헨리의 '단독강화'는 아직까지 지고의 가치로 여겼던 모든 것이 무산되어 버리는 순간이며, 그의 탈주는 모든 기성사회와의 관계 및 의무로부터의 결별을 의미한다. 강물로 뛰어든 그의 탈출은 폭력과 공포와 분노로부터의 도피일 뿐 아니라, 모든 과거의 이념과 가치와 의무로부터의 이탈이었던 것이다. 따라서 이 탈출을 통한 헨리의 이른바 '재생'은 의무의 거부, 현실문제 도피, 사회와의 결별이라는 반사회적 성격을 띠고 있는 것이다. 다시 말하면 믿을 것은 오직 자기 하나뿐이라는 개인주의 심리의 색채가 농후하고 나 혼자 조용히 살겠다는 탈사회적 은둔의 추구라는 특징을 가지고 있다. 이 행위를 두고 로빗(Earl Rovit)은 '단독강화'는 도피이며, "권위 있게 장인다운 역할을 하지 못한 실패자"(73)라고 비난도 하고, 델버트는 그가 강으로 뛰어든 것을

"삶의 강이 아니라 죽음의 강으로 뛰어든 것이 분명하며, 설사 재생을 기한다 할지라도 삶 속에 있는 죽음의 세계 속으로 다시 태어나게 되리라고 볼 수밖에 없다"(78)라고 비난하기도 했다. 전쟁터를 벗어난 헨리는 오직 사랑하는 캐서린과 함께 모든 기존의 질서와도 결별하여 그들만의 행복한 세계를 찾고자 한다. 오직 그들 둘만이 있을 수 있는 세계를 갈망하고 있을 뿐이다. 테오도르 베르다크는 캐서린의 사랑이 전쟁과는 멀리 떨어져 있는 것에 대해 다음과 같이 비난하였다.

> "헨리 중위가 사회로 돌아와서 캐서린의 팔 안에 그 자신을 고립시켰을 때, 그는 그 자신의 비극을 결정하게 된다."(76)

레오 거루고 또한 전쟁이라는 큰 사회적 문제를 개인 간의 사랑보다 더욱 중요하게 여긴다는 자기의 견해를 아래와 같이 피력했다.

> 캐서린은 사랑을 제외한 이야기에서는 헨리와 아무런 관련이 없다. 헨리는 사랑의 궤도 밖에서 흥미진진한 경험을 하게 된다. 때론 전쟁터로 나가고, 부상당하기도 하고 위험한 탈출 등을 강행하기도 한다. 헨리와 캐서린은 사랑을 위하여 세상을 포기하는 낭만주의 고전의 연인들이다. 하지만 이런 반항은 세상을 내부로 향하게 하고 세상으로부터 풍부한 사회적 뿌리를 박탈함으로써 세상을 굶주리게 하는 것이다(레오 거루고 77).

또한 리처드 허비(Richard Hovey)는 캐서린과 헨리가 그들
만의 사랑 안에서 살기 위하여 세상의 모든 일에는 배타적이
된다는 사실을 다음과 같이 비난하고 있다.

그들은 전쟁터로 나아가지 않았다. 또한 자신의 가족들과
친구들로부터도 단절되었고, 눈 속의 아름다운 나라에서
보낸 6개월 동안 그들은 다른 어떤 인간과도 실질적인 접
촉이 없었고, 사상도 목적도 계획도 없었다. 그들은 세상
으로 다시 돌아오려는 생각도 없었다. 또 그들은 배우거
나 이해하려거나 성장하려고 노력도 하지 않았다(리처드
허비 78).

스위스에서 그들은 행복한 생활에 대하여, 앞으로 태어날
새 생명에 대하여, 과거에 서로 떨어져 있었을 때의 서로의
그리움에 대하여, 그리고 이제는 떨어져 있을 아무런 조건도
없다는 것 등에 대하여 정답게 대화를 나눈다. 헨리는 스스로
단독강화를 하고 캐서린과 함께 스위스에서 행복한 나날을
보내면서 이제 그들에게 태어날 새로운 생명을 갖게 될 날이
점차 다가오고 있음을 의식하게 된다. 그들의 끈질긴 사랑은
여러 가지 어려운 고비를 넘기면서 진실하고 영원한 단계에
이르렀으며, 또한 그들 스스로의 힘으로 기존의 질서를 탈출
하여 그들만의 세계를 구축하는 데에는 성공하였다. 그러나
새 생명의 탄생, 이것은 대자연의 힘이라 할 수 있다. 즉, 인
간의 힘으로는 어찌할 수 없는 순리인 것이다. 캐서린은 이

힘 앞에 두려움을 의식하면서 "나는 죽지 않을 거야. 나는 죽지 않아. 죽는 건 바보 같은 짓이야"(254)라고 애처롭게 부르짖는다. 이것은 무력한 한 인간의 외침일지도 모른다. 헨리는 캐서린이 아이를 낳다가 혹시 죽지나 않을까 하고 두려워하면서도 한편, 그녀의 죽음은 있을 수도 없고 있어서도 안 된다며 절박하게 호소하고 있다. 이러한 헨리의 절박한 외침에 대하여 캐서린 역시 사경을 헤매는 고통 속에서도 헨리를 안심시키려는 말을 한다.

> "염려하지 마세요, 여보." 캐서린이 말했다. "조금도 무섭지 않아요. 그저 너절한 속임수예요. 용감하고 착한 사람."(255)

또한 그들은 결코 죽음으로써 결별하지 않으려는 서로의 의지를 표현하고 있다. 캐서린의 "나는 죽지 않지요? 그렇지요?" 하는 말에 헨리는 "그럼, 당신은 죽지 않지"라고 답하고 "당신은 죽지 않아, 당신은 죽어선 안 돼. 내가 당신을 보내지 않을 거야"(254)라고 강한 의지를 보인다. 그들의 강한 의지와는 무관하게 아기는 사산되었고 이제 캐서린의 생명도 위험에 처하게 된다. 그렇게도 강했던 헨리의 의지도 점차 약해지며, 뭔가 자기도 알지 못한 채 절대자인 신에게 의지하려는 마음이 된다. 그런 마음으로 헨리는 캐서린이 위험한 상황에 처해 있음을 알고 신에게 기도를 한다.

> "오오, 하느님, 제발 죽지 않게 해 주소서. 만약 죽지 않게
> 만 해 주신다면 당신을 위해서 무슨 짓이든지 하겠습니
> 다. 제발, 제발, 제발, 하느님, 죽지 않게 하소서. 하느님,
> 죽지 않게 해 주소서. 제발, 제발, 제발, 죽지 않게 해 주
> 소서. 하느님, 제발 안 죽게 만들어 주소서. 안 죽게만 해
> 주신다면 무엇이든지 시키는 대로 하겠나이다. 어린아이
> 는 데려가셨지만 캐서린만은 죽지 않게―그건 괜찮으니
> 캐서린만은 죽지 않게 해 주소서. 제발, 제발, 제발, 하느
> 님, 죽지 않게 해 주소서."(254)

이러한 기도는 헨리의 염원이 얼마나 간절한가를 잘 말해
주고 있다. 그러나 헨리의 간절한 바람에도 불구하고 캐서린
은 죽음을 맞이한다. "캐서린의 사랑은 이 작품이 전쟁을 배
경으로 삼고 있음에도 불구하고, 전쟁소설임을 잊게 해 주는
강렬한 목가적인 사랑의 이야기다"(129)라는 아서 월든(Arthur
Waldhorn)의 지적은 상당한 설득력을 지닌다. 이렇게 『무기여
잘 있거라』는 헨리의 사랑이 캐서린을 통하여 육체적인 사랑
으로부터 지고(至高)한 정신적인 사랑으로 발전하는 과정을
보여 준다. 헨리와 캐서린의 사랑의 선택은 캐서린에겐 죽음
이라는 파국을, 헨리에겐 아내와 아기의 죽음이라는 비극을
가져다준다.

캐서린에 대한 평가는 시대적인 변화를 보이는데, 『무기여
잘 있거라』가 발간되고 나서 1년 내에 나온 비평들은 대체로
긍정적인 반응을 보였다[로버트 스티븐(Robert O. Stephen)
69]. 반면에 현대 비평가들은 헤밍웨이를 여성증오자로 만들

고 캐서린을 '악의 화신'으로 만드는 과정에서 부정적인 해석 이외에는 모든 것을 평가 절하했다. 그들은 대부분 편향된 남성적인 관점에서 캐서린을 단순한 사랑의 대상으로 파악하고, 그 가치를 평가하고 있는데, 이러한 태도는 캐서린을 사랑의 주체로 인정하지 않고, 인간관계나 희망, 사랑 등에 관련된 헤밍웨이의 상상력을 바로 인식하지 못하였기 때문에 바람직한 태도라 할 수 없을 것이다. 캐서린에 대한 평가의 다양성은 헤밍웨이가 여러 사람을 모델로 하여 캐서린이라는 인물을 그려 냈다는 점에서 그 원인을 찾아볼 수 있다. 리놀즈는 이 점에 대해서 다음과 같이 밝히고 있다.

> 『무기여 잘 있거라』의 캐서린 바아클리는 작품 초반에서는 『해는 또다시 떠오른다』의 브렛 애슐리와 비슷한 유형의 성격도 엿볼 수 있다. 그러나 2장에서 캐서린 바아클리의 성격은 브렛과는 다른 유형으로 바뀌었음을 알 수 있다. 헤밍웨이가 묘사한 캐서린 바아클리는 아그네스 폰 커로우스키의 육체적인 아름다움을 묘사했다고 할 수 있겠고, 그리고 성격 면에서 헤밍웨이의 부인이었던 해들리 리처드슨이나, 폴린 파이퍼의 성격의 한 단면을 읽을 수 있다(리놀즈 24).

사람의 성격을 객관적으로 파악하는 것은 어려운 일이다. 더구나 아그네스 폰 커로우스키나 해들리 리처드슨과 폴린 파이퍼와 같은 세 여인의 개성을 함께 가진 캐서린의 성격을 파악하는 것은 매우 어려운 일이고, 따라서 그녀에 대한 평가 자체가 다양할 수밖에 없을 것이다. 비평가들은 자신들의 이론에 맞추어 캐서린을 재창조하는 과정에서 마땅히 고려되어야 할 성격의 여러 가지 측면을 무시하는 우를 범했다. 특히 캐서린의 성격에 대해서 루이스는 캐서린이 '신경증적'(44)이라고 하는가 하면, 델버트는 '그녀는 죽음에 직면하여서도 영웅적'(91)이라고까지 칭찬하고, 로버트 피어셀(Robert Pearsall)은 이와 달리 그녀가 몽유병자 같으며, '목적 없이 공허한 사람'(139)이라고 부정적인 평가를 내렸다. 한편 셀든 그렙스타인(Sheldon Grebstein)은 캐서린이 정서적으로 이미 파멸 직전까지 도달하였고, "헨리는 죽은 약혼자의 대리 인물일 따름"(123)이라고 혹평도 했지만, 대체로 베이커의 평가가 더 주목할 만하다.

그러나 캐서린 바아클리는 한 여인이지 여신은 아니다. 그녀가 마침내 헨리의 점증하는 진실한 사랑으로 인하여, 약혼자의 죽음으로부터 받은 광적인 상처를 치유받았듯이 그녀도 남을 치유하고 동정하고 위로하고, 동지적 애정을 주며, 또한 지탱해 주는 것이다(112).

캐서린이 가지고 있는 또 하나의 문제점은, 그녀가 한 인물로서 신빙성이 적다는 것이다. 그녀는 생리적으로는 완전하지만 불모증의 환자라고 볼 수 있다. 그의 뒤에는 아무것도 형체를 남기지 않았다. 이와 같은 불모증은 캐서린의 허무를 한층 강화시켜 주고 있다. 그녀가 여러 가지 상황에서 보여 주는 정서적인 반응이 인과응보의 관계로 연결되지 못하고, 그 결과로 독자들은 때로 그녀의 돌발적인 행동에 당황하게 된다는 비평의 관점이다. 그녀는 처음 등장했을 때, 헨리의 장난기 어린 사랑이란 이름의 '치사한 장난'을 영리하게 이해하면서도 갑자기 신경질적이 되거나, 울음을 터뜨리는 등 정서적으로 매우 불안한 상태에 있었다. 헨리도 처음에는 "그녀가 아무래도 너무 열을 올리나 보다"(27)라고 생각하지만, 8년 동안 약혼상태에 있던 남자가 전사했다는 이야기를 듣고 점차 그녀의 입장을 이해하게 된다. 캐서린은 본인의 성격과 무관한 측면 때문에 완성미가 적은 인물로 나타난다. 그러나 어떤 특정한 사건을 통해 가끔씩 드러나는 성격의 이면에는 그녀의 만만치 않은 개성이 강하게 부각된다. 캐서린의 사랑은 매우 빠른 속도로 진행되고, 수동적인 헨리에 비해 상대적으로 적극적이기 때문에 이 세상에는 있을 법하지 않은 사랑으로 오해를 받는다. 그러나 리놀즈의 지적에 따르면, 사랑의 신속한 진행은 다분히 헤밍웨이의 개인적인 기질과 관계있는 것으로, 그가 창조하는 등장인물들의 사랑에서 전반적으로 나타나는 현상이다. 캐서린은 오히려 그런 식의 사랑에는 익숙지 못했던 사람으로 나타난다. 그녀는 "난 가능한 거라고 배웠는데요"(18)라고 말하고, 8년 동안이나 약혼자로 있다가 그 전해에 전사한 남자에 대해 "바보라서 안 했겠죠, 뭘. 그걸 허락할 수 있었는데. 그이한테 좋지 않을 거라고 생각했어요"(19)라고 고백한다. 델버트는 그녀가 '윤리의식'을 가졌던 여인이라는 사실은 인정하지만, 헨리가 부상에서 회복하여 전방으로 떠나는 날 밤에 잠깐 머물게 되는 호텔에서 그녀가 헨리를 위해 그 전통적인 윤리의식을 극복한다고 주장하는 오류를 범한다. 그녀는 헨리와 처음 만나는 시점에서 자신의 쓰라린 과거를 고백하면서 "내가 그걸 알기만 했어도 그이는 소원대로 뭐든지 가질 수 있었을 거예요. 결혼을 하든지, 무슨 짓이든지 했을 거예요, 이제야 모든 걸 알게 됐어요"(19)라고 말하며, 델버트가 주장하는 시점보다 훨씬 먼저 그러한 관습의 틀에서 벗어났음을 보여 준다. 캐서린은 사랑의 문제뿐만 아니라, 전쟁과 죽음 등 인생의 핵심적인 현실을 이해하는 면에 있어서 헨리를 경험적으로 앞서 간다. 그녀는 헨리가 전쟁이야기는 그만두자고 하자, "어디다 집어치울 데가 있어야지요"(24)라고 반박하며, 전쟁을 피할 수 없는 현실로 인정한다. 한편『무기여 잘 있거라』에서 우리가 간과해서는 안 될 것은, 작품의 비극적 효과를 성취하기 위하여 상징적인 수법을 교묘하게 구사하고 있다는 것이다. 즉, 헤밍웨이는 '비'를 재난의 상징으로 계속 작품에 도입하였다. 작품의 초반부터 장면 묘사에 불길한 징조의 비극적 분위기에 젖게 하는 이미지가 나타나고 있다. 즉 비와 낙엽, 앙상한 나뭇가지의 묘사를 찾아볼 수 있다.

그 산을 뺏으려는 전투가 있었으나 성공하지 못했고, 가을이 되어 우기가 닥치자 밤나무는 잎이 모두 떨어지고, 가지만 앙상했으며 줄기가 비에 젖어 유난히 검게 보였다……. 겨울로 접어들자 쉴 새 없이 비가 내렸고, 비와 더불어 콜레라가 발생했다. 그러나 콜레라는 방지되었고 결국 군대에서는 칠천 명이 이 병으로 죽었을 뿐이었다(2).

"항상 비는 무서워요." "난 좋은데." "나도 빗속을 걷는 건 좋아요. 그러나 사랑에는 굉장히 가혹해요……. 좋아요. 그 속에 죽어 있는 나를 가끔 보기 때문에 무서워요……. 모두 잠꼬대에 불과해요. 난 비가 무섭지 않아요……. 함정에 빠졌다는 기분도 안 느끼시죠?" "약간은. 그러나 당신 때문이라는 생각은 없어." "누가 나 때문이랬어요? 바보 같은 소리 말아요. 하여간 함정에 빠진 걸 말한 거예요." "생리적으로 언제나 함정에 빠진 듯한 기분을 느끼는 법이야."(98)

위의 예문에서 알 수 있듯이 헤밍웨이는 작품 속에서 '비'를 재난의 상징으로써 의도적으로 이용하고 있다는 것이다. 작품 속에서 비가 등장하게 되면, 주인공들에게 어떠한 불길한 사건이 벌어질 것인가 하는 것을 예견할 수 있게 해 준다.

헤밍웨이는 자신의 작품 속에 재난의 상징으로써 비를 끊임없이 사용하곤 했다(카울리 99).

작품의 서두에서부터 불길한 기분에 젖게 하는 암시적인 의미로 사용되어 오던 비는 19장에 이르면 그 의미가 분명히 독자에게 제시된다. 밀란 병원에서 헨리와 캐서린이 대화를

나누고 있는 도중에 갑자기 비가 억수같이 쏟아지자, 캐서린
은 막연한 불안감을 느끼고 헨리에게 앞으로 변함없이 그녀
를 사랑해 줄 것인지 묻는다. 이와 같이 헨리는 어떠한 날씨
에도 그녀를 변함없이 사랑할 것을 다짐한다.

"비가 세차게 내리는데, 그런데 당신은 언제나 날 사랑하
죠, 네?" "그럼." "저렇게 비가 쏟아져도 변함없죠?" "없
지." "비로소 안심했어요. 난 비가 겁이 나요."(100)

헨리와 캐서린의 이와 같은 대화에서 알 수 있듯이 죽음에
대한 그녀의 막연한 공포를 비의 이미지에서 찾을 수 있다.
캐서린은 무슨 이유인지는 알 수 없어도 비는 그들의 불길한
운명을 예측하는 것 같은 막연한 두려움을 느끼지 않을 수
없었다. 호사다마(好事多魔)라는 말이 있듯이, 전쟁의 포화 속
에서 싹튼 그들의 애정이 더욱 깊어갈수록 어떤 예기치 못한
운명적 사건으로 파탄될 것 같은 막연한 불안감을 캐서린은
궂은 날씨와 억수같이 퍼붓는 빗줄기 속에서 느꼈던 것이다.
마침내 캐서린이 스위스의 병원에서 분만하기 위하여 제왕절
개수술을 받으려고 수술대 위에 누워 있을 때에도 예외 없이
비는 내리고 있었으며, 결국 캐서린이 아기를 사산하고 마지
막 숨을 거두는 순간에도 밖에 보이는 것은 '어둠과 빗줄기'
뿐이었다. 이처럼 작품의 첫 장에서 쏟아지기 시작한 빗줄기
는 캐서린이 죽는 순간에도 여전히 로잔느(Lausanne) 거리에

퍼붓고 있다. 이렇듯 비는 시종일관 비극과 불행의 상징으로 용의주도하게 이용되고 있음을 알 수 있다. 필립 영도 날씨와 사건의 추이와는 밀접하게 연관이 되어 있으며, 주인공의 운명과도 상응한다고 말하고 있다(101). 『무기여 잘 있거라』에서는 비의 묘사가 있을 때에는 사태가 악화되거나 캐서린에게 어떤 불행한 사건이 벌어질 것이라는 것을 예감할 수 있다.

　이 작품에서 헤밍웨이가 주제로 하고 있는 세계관은 허무주의로 현실세계에 있어서 인간의 파멸과 죽음은 숙명적이라는 것을 제시하여 주고 있다. 『노인과 바다』에서 어부 산티아고(Santiago)가 상어와 사투를 벌이면서 "모든 것들은 어떠한 방식으로든지 죽게 마련이다"(68)라고 말한 것이 바로 헤밍웨이 자신의 죽음에 대한 철학을 단적으로 표현하고 있듯이, 『무기여 잘 있거라』에서도 그의 사상이 그대로 잘 제시되고 있다고 하겠다. 헤밍웨이가 이 작품에서 제시하고자 하는 것은, 인간은 결국 전쟁이라는 폭력으로부터 도피할 수 있다고 하더라도 자연 그 자체가 설정하고 있는 죽음과 숙명으로부터는 도저히 벗어날 방법이 없다는 것을 주장하고 있으며, 그것을 거부하는 어떠한 인간의 노력도 헛된 것이라는 파멸적인 허무주의를 선언하고 있다고 하겠다. 이 작품은 캠프파이어 속의 통나무에 매달려 있는 개미떼의 운명처럼, 현실세계에서 인간의 파멸과 죽음은 숙명적이라는 헤밍웨이의 세계관을 그대로 잘 제시하고 있다는 E. M 할리데이(E. M. Halliday)

의 말로 요약될 수 있다. 결국 캐서린은 자신의 뇌쇄적인 힘을 발휘하여 헨리를 자신의 품 안에 고립시킴으로써 둘만의 독립된 세상을 만드는 데는 성공하지만, 이러한 모든 노력들은 인간의 숙명 앞에 비극적인 종말을 초래할 뿐이었다.

3. 『누구를 위하여 종은 울리나』: 마리아

헤밍웨이의 가장 긴 장편이면서 가장 단순한 구성이 특징
인『누구를 위하여 종은 울리나』는『무기여 잘 있거라』가 출
판된 지 11년 만에 발표되었으며, 사회 참여의식이 강하게 나
타난 작품이다. 스페인 내란이 일어났을 때, 헤밍웨이는 특파
원으로 스페인에 갔고, 마드리드에서 스페인 전쟁에 참전한
프랑스의 유명한 작가 앙드레 말로(André Malraux)와 상봉하
게 된다. 두 사람은 서로 스페인 전쟁을 소재로 장편소설을
쓰기로 언약했고, 약속대로 1940년에 발표한 작품이『누구를
위하여 종은 울리나』이다. 앙드레 말로 또한 그보다 앞서
1937년에 소설『희망(L'éspoir)』을 발표하여 약속을 이행한다.
이와 같이 헤밍웨이는 스페인과 매우 깊은 인연을 갖고 있다
[G. S. 프레이저(G. S. Fraser) 48]. 헤밍웨이는 1921년 12월에
데일리 스타(Daily Star) 및 스타 위클리(Star Weekly)의 유럽 특
파원으로 대서양 연안의 항구도시 비고(Vigo)에 해들리와 함
께 첫발을 딛게 된다. 프랑스 파리를 향하는 길에 10마일 정
도 기차여행을 하며 구경한 스페인의 풍경은 그로서는 매우
감명 깊은 것이었다. 이렇게 시작된 그의 스페인 여행은 스페
인 내란이 일어나기 전인 1933년까지 거의 매년 계속되어 10
여 차례나 되었다.

이 시기에 헤밍웨이가 스페인에 대해 주로 관심을 가진 부

분은 투우였다. 그는 동료들과 어울려 축제와 함께 열리는 투우를 관람하고 성난 황소들과 거리를 질주하며 스릴을 만끽했다. 이미 전쟁이 끝난 상태에서 그에게 투우야말로 격렬한 삶과 죽음의 현장이었던 것이다. 헤밍웨이가 1926년에 쓴 작품 『해는 또다시 떠오른다』를 비롯한 여러 단편들이 이 당시 그의 스페인에 대한 이해와 애정을 잘 보여 주고 있다. 1932년 작 『오후의 죽음(*Death in the Afternoon*)』은 10여 차례에 걸쳐 1,500필이나 되는 황소의 죽음을 몸소 목격하며 느낀 바를 예술적인 차원으로 승화시킨 작품이다. 이렇게 스페인이라는 나라에 관심이 많았던 헤밍웨이에게 1936년에 발생한 스페인 내란은 그의 인생에 있어서 획기적인 사건이었다. 원래 헤밍웨이는 '전쟁은 가장 재미있는 옥외 스포츠'라고 하면서 전투와 살상을 즐겼었다. 소년 시절부터 전투적인 내용이 가득한 <창세기(Genesis)>를 즐겨 읽었으며, 그가 평생 동안 공부한 박물학 연구를 위해 많은 물고기와 육상 동물들을 죽였다. 그는 투우와 전쟁을 즐겨 비유하곤 했는데, 삶과 죽음에 대해 신과 같은 결정권을 쥔 투우사에게서 전쟁에서 느끼는 희열을 즐겼다. 또한 멕시코 만에서 반 톤이나 나가는 청새치를 죽였으며, 아프리카의 사자들을 잡기도 했다. 헤밍웨이의 두 조부는 남북전쟁에 참가했었는데, 헤밍웨이는 이러한 가문의 참전 배경을 자랑으로 여겼으며, 그 자신도 미국과 스페인 전쟁, 보어(Boer)전쟁, 러·일 전쟁에 깊은 관심을 가졌다. 성인이 되어서는 직접 군인으로 참전한 적은 없었지만, 그의 생애에 일어난 주요 전쟁은 모두 찾아 나섰다. 1918년 1차 세계대전 중에 이탈리아에서는 앰뷸런스 요원으로, 1922년 그리스와 터키 간의 전쟁, 스페인 내란, 1941년 중국, 1944년 독일과 프랑스 간의 전쟁에서는 종군기자로 활약했다. 1944년 5월 25일 그는 런던에서 등화관제 도중 차를 몰다가 물탱크를 들이받아 뇌진탕을 입고 병원에 입원하게 된다. 그러나 입원한 지 나흘 후 그는 노르망디상륙작전을 지켜보기 위해 몰래 병원을 빠져나가기도 한다. 헤밍웨이는 7월 중순부터 프랑스에서 이 전쟁을 보도하였고, 이 전쟁에 참여한 7개월 동안은 그의 인생에서 가장 행복한 시기였다. 헤밍웨이는 전투가 엮어주는 전우애, 전투에서 발휘되는 용맹성, 끊임없는 용기의 테스트, 그리고 자신을 스쳐 지나가는 죽음이란 현실을 즐겼던 것이다[앨리스 챈들러(Alice Chandler) 200].

그러나 1930년대 이후부터 헤밍웨이는 1920년대의 독단적 개인주의를 지양하고 인간의 유대의식과 협동정신, 희생정신 등에 바탕을 둔 합리주의자로 전향한다[알렌 거트멘『기계화되어진 운명(*Mechanized Doom*)』 63]. 이러한 작가 자신의 사상적 전향은 독단적 개인주의를 추구하며 '단독강화'를 맺는 헨리의 모습과, 민주주의와 공화제에 대한 위협이 스페인 땅에서 일어나면, 세계 도처에서도 일어난다는 신념으로 스페인 전쟁에 참전하는 조단의 모습에서 대조되어 나타난다. 『누구를 위하여 좋은 울리나』를 쓰기 이전 작품들의 공통적인 주제는 인간 개인의 부정, 즉 사회로부터 파괴당해 버림받은 인간들의 이야기였으나, 이 작품에서는 인생에 대한 긍정적인 태도 및 주인공들의 사회의식이 강하게 작용함과 동시에 헌신적인 열렬한 사랑을 묘사하고 있다. 일상생활과 작품의 세계를 연결시키려 했던 작가로서 작품 세계의 이러한 변화의 배후에는 헤밍웨이 자신의 인생관의 변화가 암시되어 있다. 자신이 사랑하는 투우의 나라 스페인에 전쟁이 발발하자 즉각 그곳으로 간 것은 물론, 정부군의 구호차 구입을 위해 거금을 기부하기도 했다. 그는 또한 그 나라의 민주주의 옹호와 파시즘 타도를 위한 여러 가지 운동에 적극 참여했다. 이제까지 데카당스의 작가, '잃어버린 세대'의 작가로 알려져 있던 헤밍웨이의 사회 참여는 당시의 미국 문단을 놀라게 했고, 그의 작품 『누구를 위하여 좋은 울리나』에 가장 명확하게 밝혀지고 있다. 이와 아울러 헤밍웨이의 작품 속에서 영원한 대립적 요소들이던 삶과 죽음, 정의와 불의, 승리와 패배, 늙음과 젊음, 정신과 육체, 아름다움과 추함이 서서히 조화와 융화의 조짐을 보이기 시작한다. 이와 같이 허무에서 긍정에로의 변화는 작가로서의 사상의 변천이라고 볼 수 있으며, 그 당시의 세계정세, 즉 독일의 나치즘과 이탈리아의 파시즘, 스페인 내란 등에서 국제적으로 자유 평화의 희망이 위기에 처하게 되자 서구 지식인들이 이에 대처했던 자연스러운 사상의 변화라고 볼 수 있다. 이러한 작가의 사상적인 변화는 적극적이며, 이타적이고 대의명분과 자신의 임무에 투철한 조단과 그가 목숨을 바쳐 사랑한 마리아를 탄생시키게 된다. 또한 이 작품은 작가가 정치적·사회적 문제에 깊은 관심을 보이기 시작했을 때 쓰기 시작한 작품으로 공화제도에 대한 강한 신념 때문에 대학의 스페인어 강사직을 그만두고 스페인 내란에 참전한 미국청년 로버트 조단(Robert Jordan)과 반파시스트의 딸로 파시스트들에게 부모를 잃고 능욕을 당한 마리아와의 70여 시간 동안의 짧은 사랑을 그린 작품이다. 이들의 사랑은 헤밍웨이의 작품에 등장하는 그 어떤 사랑보다도 숭고하고 인생에 활력을 주는 사랑이었으며, 청소년기에 작가 자신이 보여 주었던 여성관을 불식시키고 있다.

본 항에서는 이렇게 성숙한 여성으로 등장하는 마리아가 남성인물 조단과 만나 사랑을 나누면서 그녀의 양성적인 면을 작품에서 어떻게 보여 주는가를 살펴볼 것이다. 먼저 양성론의 입장에서 여성문제의 해결을 시도했던 버지니아 울프는 페미니즘을 기본적으로 "성차별에 대한 인식에서 출발했으나, 거기서 더 나아가 두 성(both sexes)이 갈등과 모순, 편견과 부조화를 지속적으로 일으키지 않도록 남성과 여성이 화해하여 세상이 양성이 조화를 이루는 삶의 장소가 될 것을 추구하였다."(254) 울프는 양성성을 '택시를 같이 타고 있는 남과 여'라는 비유로 제시하면서, 양성적인 자아를 통합된 자아,

즉 한 개인의 자아 내에 남성적인 힘과 여성적인 힘이 공존
하는 상태로 설명했다(284).

아마 한 성을 다른 성과 구별하여 생각하기는 힘든 일일
것이다. 이는 마음의 통합을 방해한다. 이제 그런 힘든 노
력은 중단했고, 마음의 통합은 두 남녀가 함께 가서 택시
타는 것을 봄으로써 복원됐다……. 그 두 사람이 택시 타
는 것을 볼 때, 분명 둘의 마음이 나눠졌다가 다시 자연스
러운 융화로 하나가 된 듯한 기분이 든다. 그 분명한 이유
는 양성이 협력하는 것이 자연스러울 것이기 때문이다(울프 101).

울프는 남성과 여성을 엄격히 구분하는 일은 자연에 위배
되는 처사이고 인간정신의 통일성을 해치는 일이라고 주장했
으며, 양성의 협동은 자연스러운 것이어서 남자와 여자가 대
립하지 않고 조화롭게 결합할 때 인간은 가장 완전하게 행복
하다고 주장하였는데, 이는 다분히 프로이트의 양성론적 견
해와 일치하기도 한다. 다시 말하면, 이는 종래의 가부장제에
서 양분화된 남성과 여성의 결합이 최고의 만족과 가장 완벽
한 행복이라는 주장이다. 아울러 그녀는 이러한 양성적 정신
의 대표작가로 셰익스피어(William Shakespeare)를 들었는데,
그는 진정한 인간의 성은 남성성과 여성성의 동등한 평형에
의해서만 얻어질 수 있다고 보았으며, 위대한 창조적 예술을
이루려면 먼저 마음속에 여성성과 남성성의 결합이 이루어져
야만 한다고 주장했다. 울프는 블룸즈버리 그룹(Bloomsbury

Group)에서 '양성동체론'을 주장함으로써 여성적임 혹은 남성적임과의 대면을 피하기를 바랐으며, 단지 여성들이 남성들과 다른 작품을 쓰는 것은 남성과 심리적으로 달라서가 아니라 여성의 사회적 경험이 다르기 때문이라고 생각했다. 그래서 그녀는 여성들의 글에서 여성들의 경험을 찾아내려는 의식적인 시도를 하였으며, 여성들의 제한된 삶을 묘사하는 언어적 방법을 찾으려고 노력했다.

실제로 울프는 『올란도(*Orando*)』라는 작품을 통해서 양성인간의 구현을 시도하기도 하였다. 여기서 양성성은 올란도라는 한 개인의 능력으로 표현된다. 올란도는 남성 또는 여성으로 시간과 공간을 가로지르며 나타난다. 한 개인을 이용하여 여성과 남성을 묘사한다는 점에서 올란도는 셰익스피어의 『십이야(*Twelfth Night*)』를 떠올리게 한다. 헤일브론의 지적에 따르면 울프의 『올란도』는 셰익스피어의 『뜻대로 하소서(*As You Like It*)』의 주요 인물 중의 한 사람과 이름이 같고 사실상 극중에서 남자인 올란도(Orando)와 여자인 로잘린드(Rosalind) 두 사람의 공유된 모습으로 나타난 듯하다. 울프의 올란도는 셰익스피어의 올란도처럼 상냥하고 용감하고 고상하고 자기 확신적이며, 또 로잘린드처럼 상냥하고 사랑스럽다. 여성으로 성이 전환된 올란도의 몸에는 남자 특유의 힘과 여자의 우아함이 공존하고 있다. 그야말로 양성적인 인물이 된 것이다. 즉, 남자와 여자란 가부장제 사회에서 갈라놓듯이 그렇게 이

질적이고 확연히 양분될 수 있는 존재들이 아니라는 것이다. 남자에게도 여성적인 요소가 남성적인 것과 공존하고, 여자에게도 남성적인 요소가 여성적인 것과 함께 작용하고 있다는 이야기이다. 이와 같이 남성적인 요소와 여성적인 요소가 한 인간의 정신세계에서 조화를 이루어 나갈 때 그 인간은 조화로운 개성을 갖게 됨은 물론이려니와 이러한 정신세계야말로 이상적이고 창조적이라는 것이다.

마리아 역시 루소 및 울프의 전통적 여성관에 비추어 여성성을 갖추고 있는 여성이다. 그녀의 외모는 조단이 처음 보았을 때 비록 머리가 깎여 여성성을 상실한 듯 보이지만 무척 아름답다. 다음은 조단이 마리아를 처음 만났을 때 모습이다.

햇볕에 탄 얼굴 속에서 가지런한 이가 희게 윤이 났고, 살색과 두 눈은 다 같이 황금색이 도는 갈색이었다. 두드러진 광대뼈에 눈은 쾌활하게 빛나고 있고 탐스러운 입술은 한 일자로 꼭 다물어져 있었다. 머리카락은 햇볕에 몹시 탄 보리밭처럼 황금빛 도는 갈색을 하고 있었으나, 전체를 짧게 깎고 있었으므로 그 길이는 기껏해야 물개의 털 정도밖엔 되지 않았다. 그녀는 조단을 정면으로 쳐다보고는 생긋 웃었다. 그리고는 햇볕에 탄 손을 쳐들어 머리에다 대고 머리카락을 쓸어 넘기려 했으나, 손이 지나가자 이내 머리카락이 곤두서고 말았다. 미인인데, 하고 조단은 생각했다. 머리만 저 모양으로 깎지 않았더라면 참 미인이겠군…… 조단은 그녀를 쳐다볼 때마다 목구멍이 막힐 것만 같은 뜨거운 것이 느껴졌다(25).

마리아의 이런 짧은 머리는 헤밍웨이의 모친 그레이스가 한 살 위인 누이 마셀린을 그와 똑같이 쌍둥이처럼 키우기 위해 머리를 깎았을 때의 모습을 연상시킨다. 어린 시절 머리를 짧게 깎인 마셀린은 그 수치심으로 밖에조차 나갈 수 없을 정도였는데, 파시스트에게 능욕당하고 머리를 깎인 마리아의 모습은 수치심에 잠긴 마셀린의 모습을 연상케 한다. 여기서 헤밍웨이의 이상적인 여성들의 상징이라 할 수 있는 긴 머리에 비해 마리아의 짧은 머리는 그 반대의 여성, 즉 여성성을 상실한 여성이라고 베이커는 언급하고 있다. 그러나 브렛과는 달리 마리아는 조단에게 바치는 헌신과 복종으로 자신의 정체성마저 사랑하는 사람과 일치시키려 하는 경지를 보여 준다. 마리아의 자신의 정체성조차도 조단의 것과 일치시키려 할 정도의 순종과 헌신은 남성인물 조단의 모습을 돋보이게 하는 여성적인 모습으로 페미니스트 비평가들의 비판 대상이 되기도 한다. 그러나 마리아가 자신의 정체성을 조단과 일치시키려는 것은 남성 속에서 여성을, 여성 속에서 남성을 느끼게 하는 양성적인 모습으로도 볼 수 있다. 이런 양성적 시각의 바탕에서 조단과 마리아와의 관계를 살펴보도록 하겠다.

적의 후방교란 및 원군 통로를 차단할 목적으로 적군 배후에 있는 교량을 폭파하는 임무를 띤 조단은 과다라마(Guadarrama) 산중의 게릴라 거점인 동굴에서 마리아를 만난다. 헨리와 캐

서린의 사랑이 그러했듯이 조단과 마리아의 사랑도 전쟁 중
에 흔히 볼 수 있는 남녀 간의 사랑으로 시작된다. 처음 만나
아름다움을 느끼고 애틋한 감정과 함께 사랑이 싹트는 것이
다. 이들의 사랑은 이와 같은 순수함에서 시작된다. 헨리처럼
성적인 욕구의 대상으로서 캐서린을 찾는 허무에서가 아닌
순수성에서 시작된 마리아와 조단의 사랑은 처음부터 성숙하
고 건전한 모습이었다. 조단이 마리아를 보고 '목이 메어' 무
슨 말을 해야 할지 모르고, 마리아가 조단을 보고 얼굴이 붉
어지는 것은 성적으로나 감정으로나 서로 순수하게 끌리는
것을 의미한다. 이날 밤, 즉 조단이 도착한 첫날부터 마리아
의 적극적인 애정공세가 시작된다.

> ……마리아는 그의 잔에다 포도주를 가득 채웠다. "이걸
> 마시세요."라고 그녀는 말했다. "술은 나를 좀 더 예쁘게
> 보이도록 만들 거예요. 내가 아름답게 보이려면 술을 많
> 이 마셔야 돼요."(52)

전통적인 입장에서 사랑하는 연인들 사이의 적극적인 애
정공세는 남성의 몫이지만 이 소설에서는 마리아가 이 역할
을 맡는다. 첫날 밤 조단이 동굴 밖 침낭에서 잠을 자다가 깨
어났을 때, 곁에는 마리아가 와 있었다. 마리아는 조단의 침
낭까지 다가서는 남성적인 적극성을 보이지만 정작 사랑의
행위에 있어서는 수줍어하는 여성적인 모습을 보인다.

"난 부끄러워요." 그녀가 그에게서 얼굴을 돌린 채로 말했
다. "아니 부끄러워하면 안 되오. 자, 어서." "아니 난 안
돼요. 난 부끄럽고 무서워요." "아니 그러지 말아요, 제발.
내 토끼." "아니, 난 안 돼요. 당신이 절 사랑하지 않으면
어떡해요." "난 당신을 사랑하고 있소."(69)

조단이 지금까지 사랑했었던 사람이 있었냐는 질문을 했
을 때 순수하기 그지없는 마리아는 능욕당했던 사실을 "하지
만 난 큰 봉변을 당했었어요"(70)라고 고백한다. 마리아의 고
백을 들은 조단은 그녀의 순수함과 정신적 순결을 느끼고 씻
을 수 없는 상처의 그늘에서 괴로워하는 마리아를 위로한다.

"당신을 사랑하오, 마리아." 그는 말했다. "어떤 놈도 당신
에게 아무 짓도 못 한 거요. 당신에게 손가락 하나도 댈
수 없었을 거야. 어떤 놈도 당신에게 손을 댄 놈은 없소.
내 귀여운 토끼."(71)

파시스트들이 마리아를 능욕할 수는 있었지만 그녀의 순
수함까지 빼앗을 수는 없었던 것이다. 마리아의 깊은 상처는
그녀의 순수함을 사랑하고 긍정적이고 건강한 정신의 소유자
인 조단에 의해 치유되고 상실당한 그녀의 여성성 또한 조단
의 사랑에 의해 서서히 회복된다. 이 점에 대하여 베이커는
다음과 같이 피력했다.

그녀는 파시스트들에게 온갖 유린을 당했다. 그 겁탈은

극도의 야수적인 행위였다. 그러나 조단의 진정한 애정만
이 파시스트가 남긴 그 심리적 상처를 지울 수 있는 것이
다. 마리아의 머리 삭발은 정상적인 여성성의 상실을 상
징하는 것이나 바로 그와 마찬가지로 그녀의 머리카락이
자라나는 것은 그녀가 점차로 균형과 건강을 회복한다는
것을 나타낸다(256).

마리아의 순수함과 적극적인 열정, 그리고 조단의 관용과
긍정적인 포용으로 마리아는 조단과 하나가 되고 행복해한
다. 조단은 그녀의 순수성으로 인해 사랑하는 여성으로 마리
아를 받아들인 것이다.

"코는 어디로 해야 하나요? 난 늘 코를 어느 쪽으로 해야
하나 궁금했어요." "자 봐요, 당신 머릴 옆으로 돌려요."
그러자 그들의 입이 밀착되었고, 그녀는 누운 채 몸을 그
에게 밀착시켰으며, 점차 조금씩 입을 벌렸다. 그러자 그
는 잡아당겨 그녀를 안은 채 전에 느껴 보지 못한 행복감
을 느꼈다. 마음이 들뜨고, 사랑에 겹고, 가슴이 설레어 가
슴속으로부터 행복했고, 아무런 잡념 없이 피로도 근심도
모두 잊어버렸다. 다만 커다란 환희만을 느끼고 있었다(71).

이렇듯 순수와 열정, 관용과 위로를 사랑으로 통합한 두
사람 사이에 마리아의 치욕스런 과거는 장애물이 되지 못한
다. 표현의 절제를 중시하는 작가 헤밍웨이가 이들의 사랑에
대해서는 절제가 무너져 내린 듯하다. 이어서 마리아는 조단
에게 아내가 될 것을 제의하고, 조단은 아내로서의 마리아를
받아들임으로써 그녀는 조단과의 관계에 있어서 주도적인 입

장이 되어 간다.

> "내가 당신의 아내가 될 수 있을까요?" "난 임무를 수행하
> 면서 아내를 가질 수 없소. 하지만 당신은 이미 내 아내
> 요." "한 번 내가 당신의 아내가 된다면 난 변치 않을 거
> 예요. 전 이제 당신의 아내죠?" "그럼 마리아. 그래, 내 귀
> 여운 토끼."(74)

이렇게 두 남녀가 서로 사랑으로 하나가 되는 기쁨 속에서
도 마리아는 자신들의 비극적인 미래에 대한 직관력을 보인
다. 침낭 속에서 초야를 치른 다음 날 하늘에 뜬 비행기를 보
고 마리아는 여성적인 직감으로 사랑하는 사람의 죽음을 예
견한다. 이들은 과다라마의 산속에서 하루를 보내고 난 다음
날 다리 폭파작전의 지원을 요청하기 위해 파블로와 산티아
고 영감을 만나러 간다. 산티아고의 동굴 캠프에서 호아킨
(Joaquin)이란 대원이 발라돌리아(Valladolid)에서 자신의 가족
들이 파시스트들에게 처형당한 얘기를 하면서 울자, 마리아
는 키스를 하면서 그를 위로해 주는 성숙한 면을 보여 준다.
아직 19살의 어린 나이지만 그녀의 동료애와 동포애를 엿볼
수 있다. 자신의 깊은 상처에도 불구하고 상처 입은 다른 남
성을 위로해 주는 순수한 사랑과 적극적인 열성은 사랑에 있
어서의 적극성과 함께 마리아의 양성성의 발로로 보아도 될
것이다.

"이건 오빠에게 한 거예요. 당신을 오빠로서 여기고 한 키스예요." 그 청년은 소리 없이 울면서 머리를 가로저었다. "난 당신의 누이 동생이에요." 마리아는 말했다. "그래서 나는 당신을 사랑하는 것이고 당신은 가족을 갖게 되는 거예요. 우리 모두는 당신의 가족이에요."(148)

산티아고 영감을 만나고 돌아오는 길에 헤스(Heath)에서 마리아와 조단은 둘만의 시간을 갖게 된다. 이곳에서 마리아는 조단에게 섹스에 있어서도 적극적인 모습을 보여 주는데, 전통적인 남녀관계의 틀을 깨고 조단과 똑같이 행동하고 싶어 한다. 마리아의 행동은 그녀가 순수하고 열정적인 여성이었기에 가능했던 것으로 보인다. 이렇게 마리아가 섹스를 함에 있어서 남녀관계의 틀을 벗어나 성역할의 구별을 어렵게 만들었다는 점은 그녀의 양성성의 한 면으로 볼 수 있다.

그녀는 아무 말도 하지 않고서, 그녀의 손을 그의 셔츠 속으로 밀어 넣었다. 그는 자기 셔츠의 단추가 벗겨지는 것을 느꼈다. "당신과 마찬가지로 나도 키스하고 싶어요."라고 그녀는 말했다. "안 돼, 귀여운 토끼." "돼요, 할 거예요. 모든 것을 당신과 똑같이 할 거예요."(154)

이들은 대지가 움직이는 듯한 사랑의 희열을 맛본다. 『무기여 잘 있거라』의 캐서린 바아클리가 머리를 짧게 깎으려는 의도를 내비쳐 자신의 여성성을 파괴하려 함으로써 헨리와 닮으려던 것과는 대조적으로, 마리아는 사랑의 희열을 조단

에게 확인하는 중에 자신의 짧은 머리가 자라서 더 예쁘게
될 것이라는, 즉 여성성의 회복을 희망함으로써 좀 더 헤밍웨
이의 이상적인 여성인물이 되는 것이다.

> "그러나 두고 보세요." 그녀는 대단히 행복스럽게 말했다.
> "지금은 내 머리 모습이 이상해서 당신이 재미있어 하지
> 만, 나날이 내 머리는 자라나고 있어요. 이제 머지않아 길
> 어질 게고 그러면 나도 보기 싫지 않을 거예요. 아마 당신
> 도 훨씬 더 날 사랑하게 될 거예요."(156)

마리아는 사랑하는 사람 앞에서 여성성의 회복을 희망하
며 사랑하는 조단을 위해서 모든 것을 할 수 있다는 헌신적
인 적극성을 보인다. 그녀의 조단에 대한 사랑이 깊을수록 마
리아의 과거의 악몽은 그만큼 더 빨리 치유되는 것이다. 그녀
의 헌신적인 사랑은 조단을 위해서는 그 어떠한 일도 할 수
있다는 적극성으로 나타난다.

> "만일 내가 당신의 아내가 된다면 어떻게 해서든지 당신
> 을 기쁘게 해 드릴 거예요……. 당신을 위해, 항상 당신을
> 위해, 오로지 당신만을 위해서죠……. 난 당신을 잘 보살
> 펴 드리는 것을 배우고 싶어요……."(156)
> "만일 당신을 위해 할 일이 없다면, 난 당신 곁에 앉아서
> 당신을 지켜보며 밤에는 서로 사랑을 하지요."(167)

마리아가 조단을 사랑하는 면에서는 처절할 정도의 적극
성이 느껴진다. 사랑하는 남성을 위해서 모든 것을 행하겠다

는 이 적극적이고 헌신적으로 순종하는 마리아를 윌슨은 '아메바와 같은 어린 스페인 소녀'라고 하며 그녀를 단순히 순종하는 여성으로만 보았다. 그러나 윌슨은 마리아가 적극성으로 인해 조단의 사랑을 차지하고 사랑의 주도권을 쥐려는 양성적인 면을 간과했다. 이런 면에서 마리아는 단순히 복종하는 전통적인 여성의 모습을 넘어 자신의 사랑을 자신이 지키고 이끌어 나가는 적극적인 양성성을 가진 여성으로 볼 수 있다. 마리아의 헌신적이며 적극적인 양성적 사랑은 인류애에 대한 신념으로 투철한 조단으로 하여금 그의 임무에 대해 잠시 회의적으로 느끼게 만들고 그녀와 결혼하고 싶도록 만든다.

> 그는 기꺼이 영웅이니 순교자니 하는 따위의 최후를 포기하고 싶었다……. 그는 마리아와 얼마간의 시간을 함께 살고 싶었다. 그것이야말로 마음의 솔직한 표현인 것이다. 그는 그녀와 함께 길고 긴 세월을 살고 싶은 것이다(159).

이런 생각으로 인해 조단은 혹시나 다리 폭파 중 실패하여 목숨을 잃는다 해도 마리아와 함께한 현재의 72시간의 삶에 허무와 조바심이 아닌 영혼불멸의 의미를 부여하며 현재의 사랑과 인생에 대하여 초인적인 행복감을 느끼게 된다.

> 그래서 만일 내 인생이 70년과 70시간을 바꾼다면, 나는 그만큼의 가치를 지금 갖고 있으며, 그걸 알게 되어 나는

참으로 행복하다……. 남은 것은 단지 현재뿐, 그렇다면 이 현재는 찬양되어야 할 것이며 현재와 함께 있는 나는 대단히 행복하다(162).

둘째 날 밤에도 마리아는 조단의 침낭으로 들어온다. 그녀는 두 사람이 숲 속에 있는 한 마리 짐승처럼 그 누구도 구별할 수 없게 되기를 바란다. 그녀가 바라는 것은 상대 남성과의 일치 속에 자신의 정체를 확인하겠다는 것으로 남녀 각각의 정체가 합쳐져서 하나의 새로운 정체로 태어나는 것이다. 즉 남성성→여성성→양성성으로, 이것이 마리아가 바라는 사랑의 본질이요, 남성 속에서 여성을, 여성 속에서 남성을 찾을 수 있는 양성적 조화라는 참된 사랑의 모습인 것이다.

"나중에 우리들은 똑같아져서 숲 속에 있는 한 마리 짐승처럼 되어서 아무도 우리를 구별할 수 없을 거예요. 내 심장이 당신의 심장이 되어 버린 것을 당신은 느낄 수 없으세요?" "알지, 이제 우리 사이에 차이란 없소." "자 만져 보세요. 난 당신이고 당신은 저예요. 한쪽의 모든 것은 상대방의 것이에요. 전 당신을 사랑해요. 아, 진정 당신을 사랑해요. 우리들은 진정 하나가 아닐까요? 당신 그걸 못 느끼세요?" "느끼고말고. 그것은 사실이오."라고 그는 말했다. "자, 만지세요. 당신은 내 것 외에 어떤 심장도 갖고 있지 않아요." "다리도, 발도, 몸도, 모두가 그렇소." "그러나 우리는 달라요. 난 우리가 똑같아졌으면 좋겠어요."라고 그녀는 말했다(251).

셋째 날에 산티아고 영감이 다리 폭파작전에 사용할 말을 가지러 갔다가 그를 추격해 온 파시스트를 한 명 사살하게 되는데, 조단은 적의 보복과 공격에 대비한 작전을 세우게 된다. 이 작전에서 조단은 마리아를 보호하기 위해서 그녀를 작전에서 제외시킨다. 그러나 마리아는 최후의 순간까지라도 조단과 함께하고 싶어 한다. 이 점은『무기여 잘 있거라』의 캐서린과 비교가 된다. 캐서린이 전쟁의 배후에 있으면서 헨리를 전쟁과 사회로부터 이탈하게 하여 그들만의 이탈적 사랑을 하지만, 이 작품의 마리아는 공화파 정부를 위해 싸우는 애인 조단과 모든 것을 함께하려 한다. 전쟁과 사랑에 있어서 남녀의 서로 다른 역할을 인정하지 않는 마리아의 모습에서 남녀의 차이를 찾아내기란 어렵다. 이는 마리아가 사회의 한 구성원으로서 애인과 함께 사회적 의무를 다하겠다는 균형 잡힌 건전한 의식의 사랑을 하는 여성이자, 양성성을 갖춘 여성이라는 사실을 보여 주는 것이다.

> "그만 돌아가오. 사람은 전쟁을 하면서 동시에 사랑을 할 순 없는 거요." "전 당신과 함께 기관총의 다리를 잡고 싶어요. 그리고 총소리가 울리는 동안에도 당신을 사랑하고 있을 거예요."(258)

이렇게 남녀 등장인물이 긍정적인 사회관을 갖게 된 것은 젊은 시절 전쟁에 대한 환멸과 전후의 허무와 방황, 좌절을 겪었던 헤밍웨이가 불혹을 넘기면서 원숙해진 그의 사회의식을 이 작품에 반영, 가미하였기 때문이다. 그러나 이런 점은 『무기여 잘 있거라』의 헨리가 전쟁에 대한 환멸과 좌절에서 오는 사회로부터 도피하는 모습을 보이는 것과 대조된다.

헤밍웨이가 30년대 이후 관심과 애정을 가지고 삶의 사회적 각성을 촉구하고 있듯이 헤리 모간(Harry Morgan) 이후의 작중 인물들은 대체적으로 독단적 개인주의와 이기주의로 대변되는 고립된 사회에서 살기를 원치 않는 인물들이다. 조단은 헨리처럼 '단독강화'를 맺고 애인과 함께 전선을 이탈하려는 인물이 아니고, 교량폭파의 임무 수행을 위하여 애인 마리아와 함께 전장으로 나아가는 인물이다. 이처럼 임무 수행에 철저한 조단은 규범준수를 실행하는 헤밍웨이의 이상적인 주인공의 표본으로 여겨진다. 필립 영에 의하면, '헤밍웨이 규범(Hemingway code)'은 긴장과 고통이 이어지는 삶 속에서도 인간을 인간답게 만들며, 마구잡이로 행동하는 사람들과 구별되게 하고 명예와 용기로 절제하는 삶의 자세를 보인다고 언급한 바 있다.

> 이것이 바로 '헤밍웨이 규범'이다. ─ 말하자면 '압박 속에서도 품위(grace under pressure)'를 유지하는 규범으로서 긴장과 고통에 찬 인생에서 바로 이것이 어른스러운 남자를 만들어 주고 충동에 따라 아무렇게나 행동하는 사람들과는 확실히 차이가 나게 해 준다. 그런 사람들은 대체로 구질구질하고 비겁하고 긴장과 고통의 인생을 팽팽하게 어떻게 살 것인가에 대한 어떤 불가침의 원칙 같은 것도 없

다. 따라서 이러한 규범은 매우 중요하다. 이 '규범을 지
키는 주인공'은 닉 아담스의 여러 가지 어려운 문제에 해
결의 방법을 제시해 주기 때문이다. 작가 헤밍웨이에게는
이러한 규범이 유일한 인생 해결책이다. 헤밍웨이가 한때
말한 것처럼 소매치기에게도 명예심이 있고 매춘부에게도
역시 명예심이 있는 법이다. 다만 기준이 다를 뿐이다(63).

이처럼 작가가 설정한 규범 때문에 그의 작중 인물들은 다
른 인물들과 구별되며, 이러한 규범에 따라서 행동하는 작중
활동 모습을 보여 준다. 다른 작중 인물들이 작가가 설정한
규범에 따라서 충실히 행동해 온 것처럼 조단도 자신의 일에
충실하며, 그 어떤 일이 있어도 개의치 않고 자신의 일에 완
전히 몰입한다. 그는 사고력과 실행력을 겸비한 주인공으로
서 그 어떠한 위험에 직면할지라도 임무수행을 주저하지 않
는다. 그는 헤밍웨이의 작가적 성숙을 대변해 주듯 초기 작품
에서 보여 준 삶의 무책임한 자세에서 벗어나 점차 사회적
책임을 강조하는 삶의 자세를 보여 준다.『무기여 잘 있거라』
의 헨리가 사회적 의무를 거부하고 군대와 결별을 선언하는
작중 인물인 데 반하여,『가진 자와 못 가진 자』의 모간은 가
족의 생계유지를 위하여 필사적인 노력을 다하고 결국 사회
의식에 눈을 뜨는 주인공이 되며, 조단은 다리 폭파임무에 몰
두하여 목숨을 바친다. 다시 말하면 조단은 인간의 유대의식
을 강조하면서 임무수행에 최선을 다하고 마리아와 열렬한
사랑을 하며, 함께 전장으로 나간다. 이런 점에서 이반 카쉬

킨(Ivan Kashkeen)은 "조단은 자신뿐만 아니라 사랑하는 마리
아와 스페인을 구했을 뿐 아니라, 자신의 도덕적 임무를 완수
하기 위하여 목숨을 바친다"(이반 카쉬킨 169)고 주장했다.
헨리와 캐서린은 사랑에 중점을 두었지만, 조단과 마리아의
사랑은 임무수행에 부수적이며, 협력적인 관계이다. 조단은
교량폭파 임무수행에 최선을 다하는 자신의 입장을 마리아에
게 "사람은 싸움을 하면서 동시에 사랑할 순 없는 거야"(258)
라고 말함으로써 전투와 사랑을 동시에 할 수 없는 자신의
입장을 표명한다. 하지만 그들의 사랑은 제이크와 브렛의 불
모의 사랑, 헨리와 캐서린의 낭만적인 사랑을 능가하며, 모간
과 마리(Marie)의 삶에 지친 사랑과도 다른 모습을 보여 준다.
조단은 이런 열렬한 사랑이, 바꿀 수 없는 자신들의 전부인
양 말한다. 조단의 이러한 사랑은 임무수행에 도움을 주고 환
희의 세계로 빠져드는 충족감마저 준다.

> 그에게 있어서 그것은 망아(忘我)의 세계로 이끌어 가는
> 어두운 길, 그리고 다시 망아의 세계로, 또다시 망아의 세
> 계로, 언제나 그리고 영원한 망아의 세계로, 땅바닥 위에
> 일으켜 세우고 있는 두 팔꿈치로 몸을 무겁게 지탱하면서
> 자꾸만 망아의 세계로, 어둡고 끝없는 망아의 세계로, 끝
> 내는 미지의 망아의 세계로, 이번에도 또 다음번에도 언
> 제나 망아의 세계로, 두 번 다시 그렇게 되지 않겠노라고
> 마음먹었으면서도 또다시 망아의 세계로, 그러자 모든 것
> 을 뛰어넘고 위로, 위로, 위로 떠올라 망아의 세계로, 그러
> 다가 갑자기 물이 끓어오르듯 망아의 세계는 송두리째 사

라지고, 시간이 그 자리에 딱 정지해 버렸다……. 시간은
정지하고, 대지가 요동하기 시작하여 두 사람 밑에서 꺼
져 버리는 듯한 느낌이었다(156).

다리 폭파작전을 하루 앞둔, 조단이 캠프에 온 지 셋째 날
저녁에 침낭 속에서 다시 두 사람은 사랑을 확인하면서 작전
완료 후 마드리드로 갈 것을 생각하는데, 조단은 마리아의 여
성스러운 외모에 대해서 말하고 그녀는 조단에 대한 정절을
지키겠다는 맹세를 하면서 그녀의 사랑을 지키겠다는 의지를
밝힘과 동시에 의식에 있어서도 적극적인 여성성을 보여 준다.

“당신은 사랑스럽소. 당신은 사랑스런 얼굴, 날씬하고 경
쾌하며 아름다운 몸매를 갖고 있소. 당신의 피부는 햇볕
에 탄 금빛이어서 모두들 내게서 당신을 뺏으려 할 것이
요…….” “다른 어떤 남자도 내가 죽을 때까지는 내게 손
끝 하나 대지 못할 거예요. 당신에게서 날 빼앗는다고요!
그럴 순 없어요.”(325)

이어서 마리아는 “하지만 당신은 이젠 다른 여자와 관계하
진 않을 테죠. 네? 그러면 난 죽어 버릴 것 같아요”(326)라고
하면서 사랑하는 조단이 앞으로 그녀에게 충실할 것을 요구
함으로써 자신의 사랑을 지키려는 비장함을 보여 준다. 이어
서 조단은 마리아의 머리를 쓰다듬는다. 헤밍웨이와 그 여성
인물들에게는 머리 모양이 성의 문제에 있어서 중요한 의미
를 가지고 있다. 특히 머리의 길이는 여성인물의 의식에 있어

서도 성을 판별하는 데 결정적인 단서가 된다. 이 장면에서 조단은 마드리드로 가면 우선 이발소에 들러 둘의 머리를 똑같이 이발할 것을 제안한다. 마리아의 짧은 머리를 옆과 뒤를 깨끗이 잘라서 둘이 똑같은 모습을 하자는 조단의 제의는 마리아의 양성적 사랑의 추구가 조단에게 전이되어 나타난 것으로 볼 수 있다. 그러나 조단은 자신의 생각을 바꾸어 그녀가 영화 속의 가르보(Garbo)처럼 머리를 길게 길러 여성성을 회복할 것을 종용한다.

> "……그러나 마드리드에선 내 생각에 우리가 함께 이발소로 가서 당신도 나처럼 옆과 뒷머리를 산뜻하게 깎으면 머리가 다 자라는 동안 거리에서 더 낫게 보일 것 같소……." "영화 속의 가르보처럼 말이지요?" "그렇소." 그는 굵은 소리로 말했다……. "그리되면 머리카락이 똑바로 당신의 어깨까지 내려가서 말아 올린 파도처럼 그 끝이 말려 올라가겠지. 그러면 그것은 익은 보랏빛이 될 거요. 그리고 당신의 얼굴은 햇볕에 그을린 금빛이 되겠고 당신의 눈은 검은 점들이 있는 황금빛의 피부와 머리카락에 어울리는 색이 될 거요. 그러면 나는 당신의 머리를 뒤로 젖히고 당신의 눈을 들여다보며 당신을 꼭 안아 줄 거요."(327)

조단은 마리아가 여성성을 상실하여 그와 그녀가 같은 모습이 되기보다는 그녀가 여성성을 회복하여 그들이 조화로운 관계가 될 것을 희망하기 때문이다. 이에 대해 마리아는 여성적인 여성의 모습으로 조단에게 절대 순종하는 여성성의 전형을 보이면서 한 남성에 대한 아내로서의 면모를 보여 준다.

"나는 당신에게 가능한 한 좋은 아내가 될 거예요."라고
마리아가 말했다. "나는 분명히 좋은 교육을 받지 못했지
만 그걸 보충하도록 하겠어요. 만일 우리가 마드리드에
산다면, 좋아요. 만일 다른 나라에서 살아야 한다고 해도
좋고요. 살 곳이 없어서 우리가 다른 곳으로 간다면 더욱
좋아요. 만일 우리가 당신의 나라로 간다면 그 사람들처
럼 영어를 잘하도록 배우겠어요. 난 그들의 모든 관습을
배워 그들이 하듯 하겠어요…… 그리고 만일에 신부수업
을 하는 학교가 있다면, 그런 학교에 다니면서 공부를 하
겠어요."(329)

이런 모습이 페미니스트 비평가들에게는 남성에게 종속되
는 것이라는 비난을 받을 수도 있겠지만, 적극적인 여성성의
추구로 자신의 사랑을 지키려는 노력으로 보아야 할 것이다.
왜냐하면 적극적인 여성성의 추구결과는 상대 남성과 일치되
는 것을 희망하고 이 일치는 남성 및 여성의 구별이 없는 양
성성으로 발현되어서 여성 자신도 남성적인 모습을 갖게 되
어 적극적이고 능동적인 여성이 되기 때문이다. 이제 마리아
는 조단을 만나고 그를 사랑하고 그로부터 사랑을 받음으로
써 파시스트들에게 받은 능욕의 상처는 완전히 치유된다. 마
리아가 상처를 치유하고 여성성을 회복하는 것은 헤밍웨이
자신이 여성들과의 만남에서 나온 경험의 통찰인 것으로, 작
가가 마리아로 하여금 조단이라는 의식이 성숙한 남성과의
양성적인 조화를 추구하게끔 한 결과일 것이다. 실제로 헤밍
웨이는 이 작품을 발표한 1940년 마사 겔혼과 세 번째 결혼

을 하게 되는데 헤밍웨이와 이상적 여성이라고 할 수 있는 마리아와 마사 겔혼은 너무나 대조적인 여성이다. 헤밍웨이는 1946년 이혼 후 다시 마리아의 화신 같은 메리 웰시와 결혼하여 해로한다. 이런 점은 II장에서 커트 싱거가 메리 웰시를 묘사한 점을 보면 알 수 있다. 이런 마리아의 양성성은 마리아가 남자들의 영역이랄 수 있는 기차 폭파 같은 일에도 참가할 것이라고 하면서 조단에게 "당신과 함께 기차를 폭파하러 가고 싶어요"(335)라고 말하는 장면에서도 나타난다. 이것은 과거의 상처를 가진 마리아가 사랑하는 남성을 만남으로써 회복되고 더 나아가 남녀가 하나 되는 양성성으로 나타나는 모습인 것이다.

메리 앤 세드니(Mary Anne Sedney)는 『성의 심리학(*Psychology and Sex Roles*)』에서 양성성을 가진 인물에게 나타나는 행동특징을 다음 세 가지로 요약하고 있다.

> 첫째, 성적으로 전형화된 사람은 자신의 성별에 적합한 행동을 하는 데 비해서, 양성적인 사람은 여성적인 행동과 남성적인 행동을 동시에 함으로써 더 다양한 행동을 수행해 낼 수 있다. 더욱이 여성적 특성과 남성적 특성이 동시에 합쳐져야만 가능한 행동은 양성적인 사람만이 할 수 있다. 둘째, 양성적인 사람은 다양한 행동을 할 수 있다는 바로 그 특성 때문에 상황에 적절하게 대처할 수 있다. 셋째, 상황의 요구에 따라 유연한 반응을 보이는 능력은 양성적인 사람이 살아가면서 환경에 효과적으로 대처할 수 있게 해 준다(『성의 심리학(*Psychology and Sex Roles*)』 109).

  이러한 행동 특성을 보이는 양성성에는 두 가지 결합방식
이 있다고 한다. 첫 번째는 이원론적인 모형(dualistic pattern)
이 있다. 이는 여성적 특성과 남성적 특성이 분리되며 공존하
는 방식인데, 이 유형의 사람은 때에 따라 여성형과 남성형의
특성을 모두 표현하게 된다. 두 번째는 혼합모형(hybrid pattern)
으로서 여성성과 남성성이 단순히 공존하는 것이 아니라 완
전히 통합되어 나타나거나 혼합되어 새로운 특성으로 되는
방식이다. 이 모형을 이원론적 모형에 비해 더 발달된 방식으
로 보고 있다. 이와 같은 특징을 통해서 볼 때 양성적인 인물
은 행동과 감정을 통합하지만, 결코 감정적으로 움직이지도
않고 충동적으로 행동하지도 않는다. 양성성의 결합모형으로
보았을 때 마리아는 혼합모형에 가깝다. 이 모형에 해당하는
사람은 상황에 따라 남성적이거나 여성적인 방식으로 또는
두 가지가 혼합된 방식으로 반응할 수 있다. 따라서 여성성과
남성성이 분리해서 존재하기보다는 그 둘이 통합되어 하나의
새로운 모형이 창출되듯이 마리아의 긍정적 사고와 통합된
행동으로 나타난다.

  마리아의 이런 특성은 셰익스피어의 작품『베니스의 상인
(*The Merchant of Venice*)』에서의 포샤(Portia)와 비슷한 유형임을
발견할 수 있다. 포샤는 남성 속성이 요구될 때 남성 속성을
보여 주고, 보다 여성적인 특징들이 요구될 때는 여성적인 속
성을 보여 주는 인물이다. 즉 상황에 따라 적절히 행동하는

면을 엿볼 수 있다. 그녀의 남자로의 변장은 일차적으로 다른 사람들에게 그녀의 남성적 역할을 확인시키려는 것이며, 셰익스피어의 메시지는 남성다운 남자 또는 여자다운 여자가 되어야 한다는 것이 아니라, 상황에 따라서 남성이나 여성적 존재가 충분히 될 수 있다는 것이다(100). 이것이야말로 버지니아 울프가 말하는 양성적 조화에 합치되는 한 모습이다. 산속 캠프에서 조단은 마지막으로 마리아와 사랑을 나눈다. 몇 시간 후면 다리를 폭파해야만 하는 순간, 조단에게는 그가 사랑하는 마리아만이 그의 의식의 전부요, 그녀와 함께하는 시간만이 존재하는 것이다. 성숙한 남성과 긍정적이고 양성적인 조화로움을 갖춘 한 여성에게는 그들이 사랑을 나누는 지금, 현재가 곧 영원인 것이다.

> "……오, 지금, 지금, 지금, 지금뿐, 모든 것을 초월한 지금, 그리고 너, 지금을 제외한 다른 어떤 지금도 없다. 지금은 너의 선지자이다. 지금, 영원한 지금, 자 지금, 지금, 지금 외에 다른 지금은 없다. 그래, 지금……."(358)

이것은 완전한 사랑을 하는 자의 간절한 소망인 것이다. 자기가 하는 사랑이 최고라고 느끼는 자는 다가오는 미래가 두렵고, 현재가 영원할 것을 기원하는 것이다. 즉, '사랑의 영원성'이며 양성의 조화로운 사랑표현의 극치라고 할 수 있다. 마리아는 조단보다 나이가 어리고, 정규교육을 받지 않았음

에도 불구하고, 그녀의 조화로운 양성성은 대학 강사였던 조
단에게 그대로 전이되어 나타난다. 이런 점은 마리아에게서
많은 것을 배웠다고 고백하는 조단의 내면 독백을 통해 알
수 있다.

> ……이 나흘 동안에 난 내 인생에 관해 많은 것을 배웠다.
> 지금까지 생애를 합친 것보다 더 많은 것을 배웠다는 생
> 각이 든다……. "당신은 내게 많은 것을 가르쳐 주었소,
> 귀여운 아가씨."라고 그는 영어로 말했다(359).

소설에서 이와 같은 양성적인 관점의 묘사는 호손(Nathanial
Hawthorne)의 『주홍글자(*The Scarlet Letter*)』에서도 언급되는데,
이 작품은 미국 소설 중 가장 양성적인 작품이라고 헤일브론
은 지적한 바 있다(103). 주인공인 헤스터 프린(Hester Prynne)
은 청교도 문화에서의 성윤리보다는 딤스데일(Dimmesdale)에
대한 자신의 사랑에 근거해 행동한다. 혼외임신이 되어 수치
스러움의 상징인 'A' 자를 가슴에 달고 추방되지만 그녀는
강하고, 고요하고, 꿋꿋한 정신으로 부끄럽고 격리된 자신만
의 운명을 개척해 간다. 이와 같이 자신의 강한 신념에 의하
여 행동하는 헤스터는 양성적인 인물의 표상이라고 할 수 있
다. 또 한 편의 양성적인 특징은 에밀리 브론테(Emily Brontë)
의 『폭풍의 언덕(*Wuthering Heights*)』에서 찾아볼 수 있다. 이 점
에 대해 보부아르(Simone de Beauvoir)는 『제2의 성(*The Second*

Sex)』에서 『폭풍의 언덕』의 캐서린(Catherine)과 히스클립(Heathcliff)의 예를 들면서 진정한 사랑은 두 남녀가 완전히 하나로 융합하는 것이라고 언급한 바 있다(보부아르 289). 이러한 이론은 사랑과 결혼이라는 남녀 간의 결합에서 상대방이 각자 개성을 그대로 유지하는 평형관계를 주장한 D. H. 로렌스의 '별들의 균형(star-equilibrium)' 이론과 유사한 이론이기도 하다. 왜냐하면 두 성의 조화는 곧 인간 세계의 조화요, 그녀의 의식의 성숙함을 의미하기 때문이다.

조단은 교량폭파의 임무를 성공적으로 완수한 후 후퇴 도중 적의 박격포탄에 맞아 쓰러지는 말에 의해 다리에 심한 부상을 입게 되자 그곳에 혼자 남아 최후의 순간까지 공화주의를 수호하기 위해 적들과 싸울 것을 결심한다. 그러자 마리아도 그의 곁에 남아 죽음을 같이하겠다고 고집한다. 치명상을 입은 조단은 떠나지 않으려는 마리아에게 초연한 자세로 그녀가 있는 곳은 자기가 있는 곳이라고 말한다. 두 사람 중 한 사람이 어디에 있든 그곳에는 두 사람 모두가 있다는 것이다. 그는 "난 이제 당신과 함께야"(368)를 계속 외치면서 그녀가 떠날 것을 설득시켜 억지로 동료들과 함께 후퇴시킨다.

조단은 온갖 악조건을 무릅쓰고 인류에 대한 연대의식을 느끼면서 희생정신과 영웅적 행동으로 철교폭파의 대임무를 완수해 낸다. 그리고 죽음을 맞이하는 그의 태연한 자세는 헤밍웨이의 적대적 외계 속에서의 삶에 대한 태도가 얼마나 긍정적인 방향으로 변화할 수 있는가를 여실히 보여 주고 있다. 그의 죽음은 종말에 행복한 인생을 살았다고 회상할 수 있듯이 아무런 후회도 없을 만큼 가치 있는 희생이었다. 조단의 죽음은 캐서린의 죽음과는 달리 자신이 스스로 택한 것이며 그는 희생과 헌신이 인류 전체의 영원한 복지에 이바지한다고 생각한다. 조단이 이러한 후회 없는 삶을 살게 된 데에는 마리아의 사랑의 힘이 컸다. 그녀는 조단으로 하여금 육체적, 그리고 정신적으로 만족감을 느끼게 하여 죽음을 눈앞에 두고 인생의 진정한 가치를 발견하게 하였다. 이렇게 볼 때 이 작품은 이상적인 남녀관계로 남성적 인물과 여성적 인물이 하나가 될 수 있음을 추구하였는데, 남녀 인물인 마리아와 조단은 여성 속에 남성이, 남성 속에 여성이 교환 혼합되는 하나의 조화로운 양성성을 창조하고 있다.

이는 마치 그리스 신화 속의 남녀 인간이 신들의 질투로부터 분리되기 전의 이상적인 상태인 양성성의 추구라는 점에서 헤밍웨이의 그 어떤 소설보다도 이상적인 남녀관계를 설정한 것이며, 여기서 마리아는 버지니아 울프가 이상적인 것으로 여겼던 양성성에 바탕을 둔 이상적인 여성임을 알 수 있다.

4. 『에덴동산』: 캐서린 힐

　1946년 초에 헤밍웨이는 새로운 작품『에덴동산』을 쓰기 시작했고, 그 내용에 과거와 현재의 사실들을 실험적으로 혼합해 보였다. 그 일부의 배경은 해들리(Hadley)와 폴린(Pauline)과의 두 번에 걸친 결혼 생활의 추억에 그 배경을 두고 있다. 헤밍웨이가 15년에 걸쳐 간헐적으로 쓰다가 중단했던 이 작품은 그가 바란 대로 출판되지는 않았을지라도, 매우 흥미 있는 작품이다. 전도양양한 한 젊은 작가와, 패션과 섹스의 첨단을 걷는 두 여자인 캐서린 힐과 마리따(Marita)와의 변태적인 삼각관계를 그린 작품이다. 이 작품은 헤밍웨이의 2차 대전 전의 작품세계와 자주 연계되고 있으며, 2차 세계대전의 유럽의 상황들이 구체적이고 직접적으로 작품에 드러나고 있다. 이 작품의 주역들은 모두 젊고, 더욱 나아진 것은 1950년대의 그의 작품 속의 주역을 상징하는 파파(papa)와 같은 위엄 있는 자태는 아무 데서도 보이지 않는다.『에덴동산』의 남자주인공인 데이빗 본(David Bourne)은 피동적이고 측은해 보이며, 성격상 결함이 있으며, 여자를 압도한다기보다는 여자 앞에서 주눅이 들어 있는 그런 모습의 사내이다. 그는 여자들의 힘에 꼼짝도 못하고, 여자의 유혹에 무력하며, 역경에 처해서도 속수무책인 인물로 묘사되는 부분이다. 그의 부인 캐서린 힐은 헤밍웨이 작품에 나오는 어떠한 여주인공보다 인상적으로 묘사되어 있다.

이 작품에서 캐서린 힐은 전통적인 여성상을 기대하는 남성의 감정에는 무관심한 채로 자신의 성적인 자유만을 추구하며, 상대방에게 고통을 주는 여성이다. 이 같은 성격묘사는 지금까지의 헤밍웨이식 이야기에서는 일찍이 없었던 것으로서 눈길을 끈다. 소설의 상당한 부분이 긴장된 대화가 오고 가는 대목들로 이루어져 있어 지루하지 않게 읽을 수 있다. 독자들은 헤밍웨이 특유의 힘찬 문체와 아울러 그의 유약한 면도 함께 맛볼 수가 있고, 일몰광경, 아주 짧게 깎은 머리, 동성연애, 의상, 음주, 아침에 글쓰기, 역할을 바꿔 가며 하는 비정상적인 섹스 등이 다채롭게 암시되면서도 드러내 놓고 설명되지는 않고 있다. 헤밍웨이는 한때, "진정으로 악한 모든 것들은 순진성에서 시작된다(All things truly wicked start from innocence)"(189)라고 말한 적이 있다. 그야말로 에덴동산의 아담(Adam)과 이브(Eve)처럼 리비에라(Riviera) 해안에서의 데이빗이나 캐서린 힐은 처음엔 순수하고 순진한 관계로 시작하지만, 곧 타락의 그림자가 낙원을 오염시키기 시작한다. 주도권을 쥐고 낙원의 위기를 초래한 것은 물론 남편의 관심을 문학에 뺏기지 않으려고 노력하는 캐서린 힐이다. 그런 의미에서 캐서린 힐은 데이빗의 예술 세계를 위협하고 방해하는 '외부세계'를 상징하고 있으며, 따라서 이 소설은 내면세계로 상징되는 예술에 대한 사랑과 외부세계로 상징되는 아내에 대한 사랑 사이에서 갈등을 느끼는 한 작가의 고뇌를 그린 작품이라고 할 수 있다. 한 가지 더 주목해야 할 것은, 비록 이 소설의 화자가 데이빗이긴 하지만, 사실 소설의 이야기는 능동적이고 강렬한 성격의 소유자인 캐서린 힐이 주도하고 있다는 점이다. 데이빗은 헤밍웨이의 다른 주인공들과는 달리 대형 야수사냥을 싫어하고 여성에 의해 지배되는 수동적인 인물로 묘사되고 있다. 이런 면에서 닥터로우(E. L. Doctorow)는 뉴욕타임스 리뷰(*New York Times Review*)에서 캐서린 힐에 대해서 다음과 같이 피력한 바 있다.

> 『에덴동산』에서의 주요 업적은 캐서린 힐이다. 헤밍웨이의 문학을 그만큼 지배했던 여주인공은 아직 없었다. 캐서린 힐은 사실 헤밍웨이의 작품 속의 그 어느 주인공보다 더 인상적이다(닥터로우 28).

이와 같은 닥터로우의 지적은 정확한 지적이라고 할 수 있다. 이 작품 속의 젊은 작가인 데이빗은 아프리카에 관해 거의 완벽하게 기술하고 있으며, 사냥꾼인 그의 백인 아버지에 대해서는 칭찬을 하며, 안내인인 쥬마(Juma), 그들이 추적하는 거대한 숫코끼리 이야기 등이 등장한다. 여기에 헤밍웨이 문학의 정수라고 할 만한 아프리카와 야생에 대한 그의 사랑과 정열, 짐승과 사냥에 대한 지식, 이러한 것들을 영원히 한 덩어리로 만드는 그의 능력 등이 나타나 있다. 어느 누구도

이 같은 글을 쓸 수 없으며, 설령 쓴다고 해도 그것은 헤밍웨이를 모방하는 것에 지나지 않을 것이다. 또한 헤밍웨이의 작중 인물들은 흔히 그러하듯 딱딱하고 완곡하게 묘사되고, 비현실적인 이야기들이 빠른 속도로 진행되는 것이다. 흠이라면 깊이가 없다는 점이다. 헤밍웨이의 전반적인 작품들에서 그러한 것처럼, 이 소설에서도 그의 전기적 사실과 작품에 나타난 이야기는 긴밀한 관련성을 갖고 있다. 20대 중반의 젊은 소설가로 등장하는 데이빗은 신혼여행을 프랑스 남쪽 해안에서 보내게 되는데, 이러한 짧은 기간의 이야기를 담고 있는 이 소설에서 주인공이 젊은 시절의 헤밍웨이의 모습과 흡사한 점으로 미루어 보아 이 작품의 기조가 사실성에 있음을 잘 나타내 주고 있다. 그러나 이 작품의 기본 바탕이 사실성에 있으면서도, 이 작품의 제목에 드러나 있는 것처럼 성서와 직접적으로 관련된 상징적 의미가 그 속에 내재되어 있다. 그의 작품에서의 상징 세계를 성서에서 폭넓게 추구한 헤밍웨이는 이 작품에서도 이러한 것을 잘 보여 주고 있으며, 이를 통하여 이 작품의 주제를 더욱 부각시키고 있다. 이 작품에는 성서, 특히 구약성서의 <창세기>에 나오는 에덴동산의 아담과 이브의 타락과 낙원상실의 이야기가 깊이 원용되어 있으며, 이러한 것이 주제의 비극성을 더욱 드높이고 있다.

1986년에 출간된 유고집인 이 작품의 배경 장소는 론(Rhone)강 하구에 있는 그로 뒤 르와(Le Grau du Roi)인데, 이곳은 헤밍웨이가 1927년 5월에 폴린과 신혼여행을 갔던 장소였다. 비평가들은 이 소설의 주인공인 데이빗이 젊은 시절의 작가의 모습과 비슷하고, 마리따의 실제 인물은 네 번째 부인인 메리를 설정했다고 한다. 그동안 생전에 발표했던 작품의 여주인공들이 대부분 남성 측면에서 바라본 여성인물들이라면, 유고집인 『에덴동산』은 여성 측면에서 바라본 여성인물이라는 점에서 헤밍웨이의 여성을 이해하는 데 매우 중요한 작품이 된다. 이 작품의 여주인공 캐서린 힐은 남편에게 절대적으로 순종한다거나, 남편을 잘 이해하는 이상적인 여인상과는 거리가 있는 자기중심적인 여인이다. 캐서린 힐에게서 볼 수 있는 자기중심적인 모습은 상대방과의 인간관계를 주로 성적인 교섭에 의존하고, 성적인 욕구를 사랑으로 착각하는 경향이 있으며, 상대방으로 하여금 다른 일에 신경 쓰는 것보다는 자기에게만 관심을 가져 주기를 바라는 자기중심적인 인물이다. 반면에 외부세계로부터 완전히 차단되어 자신의 작품에만 몰입해 있는 남자주인공인 데이빗은 현실에 만족하면서 캐서린 힐이 자신에게 순종적이고 복종해 주기를 바라기 때문에, 그녀의 섬세한 감정에 깊은 관심을 보이지도 않고, 그녀를 이해하려고도 하지 않는다. 따라서 이러한 사랑은 남녀 간의 서로 다른 성적인 욕구를 무시하고 어느 한편에서 사랑의 발전적인 성격을 부인하기 때문에 이러한 사랑은 더 이상 지속되지 못하고 깨어지고 만다. 남자주인공과의 사랑이 진정한 관계로 이어지는 것과는 거리감이 있기 때문에, 사랑하기 전보다 더욱 분리되는 감정을 체험하게 되고 때로는 대립과 실망, 권태를 느끼기도 하고, 때로는 그것이 질투와 증오로 바뀌며 부질없이 새로운 삶을 찾아 절망적인 시도를 하게 된다.

이 작품에서 캐서린 힐은 헤밍웨이가 원숙기에 접어들었을 때 쓴 작품 속의 주인공답게 복잡한 내면세계를 지녔지만, 사랑에 관해서는 가장 어리석은 생각을 지닌 인물이다. 데이빗은 파리에서 캐서린 힐을 만나자마자 그녀의 부모나 친척 관계 등 배경에 대해서는 전혀 무시한 채 결혼해 버리는 단순한 성격이며, 약간은 우유부단한 성격이다. 그리고 아내의 도움을 받았던 헤밍웨이 자신의 입장과 마찬가지로 데이빗은 신혼 초에 캐서린 힐에게서 경제적인 도움을 받는다. 그는 신혼 초에는 소설 쓰는 일조차 관심이 없을 정도로 아내를 지극히 사랑했고, 생활 자체도 멋지고 행복했다.

> 지금까지 아주 멋있는 노릇이었고, 정말 행복했고, 누군가를 그토록 지극히 사랑하기에 다른 일에는 관심도 안 갖고 다른 것은 세상에 존재하지 않는 것 같아 보일 수 있다는 걸 그는 전에는 몰랐었다(『에덴동산』 13).

이 소설에 등장하는 캐서린 힐은 영리하고 창조적이며, 아름답지만 고민이 많은 여자다. 소설이 시작될 때 그녀는 데이빗과 결혼한 지 겨우 3주가 지났으며, 사랑을 나누면서 이미 새로운 것을 추구하고 있다. 그녀는 규칙 파괴자이며, 유행을 선도하는 사람으로서 더 이상 통제할 수 없을 때까지 자신의 성을 가지고 실험한다. 그러나 데이빗은 육감적인 즐거움에 만족한 채 이러한 사실을 뒤늦게 깨닫게 된다.

> 이젠 관계를 하고 나면, 먹고 마시고 또 관계를 했다. 정말로 단순한 세계였고, 그는 전에 어느 다른 세계에서도 진정이처럼 행복해 본 적이 없었다. 그는 여자도 마찬가지일 거라고 생각했는데, 분명 그녀도 그렇게 보이게 행동했다(14).

데이빗은 캐서린 힐이 현재의 관계에 만족하지 않는다는 사실을 경고받지만, 그녀가 친구인 마리따를 끌어들여 삼각관계를 갖고, 소설 한 줄 못 쓰게 될 지경에 이르러서야 그런 경고의 심각성을 의식하게 된다. 캐서린 힐은 여성이라는 제한상황에 반항하고 남자의 입장에서 보고 느끼는 등 남성적인 요소들을 경험하려고 한다. 그녀는 "왜 우리가 다른 사람들 규칙에 따라 살아야 돼? 우리는 우리야"(15)라고 하면서 여성이 겪는 모든 장애 요인을 벗어 버리려고 한다. 그녀는 외부의 제약에 대한 반발로써, 남들이 이상하게 생각하는 옷을 입거나, 점잖은 여성들과는 달리 머리를 깎는 것, 성행위에서 여성들이 하지 않는 짓을 하는 것, 시험적으로 동성연애를 하는 것, 다른 여성과 더불어 남편과 삼각관계를 갖는 것

등을 서슴없이 행한다. 이런 모습은 헤밍웨이가 해들리와 이혼을 결심하고 폴린과 사귀던 중 세 사람의 관계가 이 장면에 많은 영감을 주었던 것으로 생각된다. 캐서린 힐의 이러한 행동은 그녀 자신의 존재를 확인하고 어떤 의미를 찾기 위한 노력으로 보인다. 에리히 프롬이 "강도 높은 성적인 욕망(sexual desire)은 생리적인 현상이 아니라 심리적인 요인에서 기인한다"(33)고 다음과 같이 말한 점에서 그녀의 행동을 이해해 볼 수 있다.

> 성적인 양극화는 인간에게 이성의 결합이라는 특수한 방법으로 결합을 찾도록 하는 것이다. 남성적 원리와 여성적 원리 사이의 극성(polarity)은 남자끼리와 여자끼리의 사이에서도 역시 존재한다. 생리학적(physiological)으로 남성과 여성이 각각 서로 상대방의 호르몬을 가지고 있듯이, 심리학적(psychological)인 의미에서도 그들은 역시 양성적이다. 그들은 물질과 정신의 양면에서 그들 자신 속에 받는다는 것과 침투한다는 것의 원리를 다 가지고 있다. 남성은, 그리고 여성은 그의 여성적인 극과 남성적인 극의 결합에 의해서만 그 자신의 내부에서 합일(oneness)을 발견한다. 이러한 양극성은 모든 창조의 기초이다[에리히 프롬『사랑의 기술(*The Art of Loving*)』33].

캐서린 힐이 머리를 아쉬움 없이 깎고 난 후, 그녀는 남성다운 적극적인 사고로 어떠한 행동도 할 수 있음을 강조한다. 캐서린 힐은 성관계에서 남성의 역할을 하며, 데이빗이 "캐서린"이라고 부르자 그녀는 다음과 같이 대답한다.

"당신이 달라지고 있는 거야." 그녀는 말을 이었다. "아,
당신은 달라지고 있어, 달라지고 있어." "그래, 당신은 내
아름다운 사랑 캐서린이야, 좋은 사람이야. 당신이 그렇게
변해 주니, 오, 캐서린 정말 정말 고마워. 제발 이해해 줘.
제발 알아주고 또 이해해 줘. 영원히 사랑해 줄 테니까."(17)

그녀는 데이빗에게 자신과의 역할이 바뀌었음을 상기시켜
준다. 이러한 캐서린 힐의 변모는 데이빗을 슬프게 만든다.
캐서린 힐이라는 이름을 가진 그녀는 남편을 캐서린 힐이라
고 부르고 자신은 피터(Peter)라고 하면서, 자신과 남편의 성
적 역할의 교환을 제안하고 있는데, 이러한 장면은 금단의 열
매를 먹은 후 아담에게도 먹으라고 권하는 이브의 모습에 비
유된다. 그러나 이들 젊은 부부의 에덴동산의 행복도 아담과
이브처럼 영구히 계속되지는 않는다. 에덴동산에서 유혹자인
뱀의 꼬임에 빠져 죄를 지은 후, 남편도 죄를 짓게 하는 사람
이 이브였던 것처럼 이 작품의 시작 부분에 등장하는 젊은
아내도 남편을 타락과 파멸로 이끌고 있다.

"나는 파괴적인 타입이야." 하고 여자는 말을 이었다. "그
래, 난 당신을 파멸시킬 거야. 사람들이 방 바깥 건물 벽
에 기념패를 붙여 놓을걸. 밤에 일어나서 당신이 듣지도
생각지도 못한 일을 저지를 작정이야."(5)

작품의 창조에 기쁨과 희열을 맛보며 현실에 만족을 느끼
고 있는 남편은 그녀의 변해 가는 모습을 보면서 결혼 초의

사랑스러웠던 아내가 이제 자신이 통제할 수 없는 상황으로 나아가고 있음을 알고는 절망감을 느낀다. 데이빗은 캐서린 힐이 역할을 바꾸는 것이라든지, 쌍둥이처럼 머리를 깎는 것, 더 나아가서 세 사람이 함께하는 사랑의 행위 등을 인정하지만, 그녀가 더 이상 자기의 실험을 통제하지 못하고 있음을 느낀다.

또한 헤밍웨이는 이 작품 속에서 여성의 머리카락을 중요한 상징물로 삼고 있다. 예를 들어 『무기여 잘 있거라』의 캐서린 바아클리와 『해는 또다시 떠오른다』의 브렛의 머리카락을 비교해 보면 다음과 같은 점을 알 수가 있다.

> 캐서린 바아클리의 머리카락은 길고 짙은 색깔이었고, 그것은 또한 여성성의 상징이기도 하고, 작품 전반에 흐르고 있는 성적인 호기심을 일으키는 기능적인 역할을 한다……. 반면에 브렛 애슐리는 짧고 소년처럼 뒤로 빗겨진 머리카락을 소유하고 있다[레이먼드 넬슨(Raymond S. Nelson) 『헤밍웨이: 표현주의자 예술가(*Hemingway: Expressionist Artist*)』 67].

이처럼 두 사람의 머리카락은 상반되어 나타난다. 헤밍웨이는 『해는 또다시 떠오른다』, 『무기여 잘 있거라』, 그리고 『누구를 위하여 종은 울리나』에서도 그랬던 것처럼, 『에덴동산』에서도 여성의 머리칼에 중요한 의미를 부여하고 있다. 『무기여 잘 있거라』에 나오는 캐서린 바아클리의 긴 머리카락은

여성다움의 상징이고, 브렛의 소년과도 같은 짧은 머리카락
은 파괴적인 여성형의 상징으로 표현된다. 이 작품에서 캐서
린 힐의 긴 머리는 순결의 의미를 부여하고 있다. 다음에 그려
져 있는 캐서린 힐의 긴 머리는 이러한 면이 잘 나타나 있다.

> 그녀는 어깨를 뒤로 젖히고 턱을 치켜 올리고 그 갈색의
> 소담스런 머리채를 두 뺨 쪽으로 미끄러져 내리게 하고는
> 앞쪽으로 몸을 굽혀 머리칼이 온통 얼굴을 덮게 하였다.
> 그녀는 줄무늬 셔츠를 머리 위로 당겨 입고는 머리채를
> 흔들어 뒤로 보내고 화장대의 거울 앞 의자에 앉아 머리
> 채를 찬찬히 들여다보며 빗질을 해 넘겼다. 머리는 두 어
> 깨까지 닿았다. 그녀는 거울을 향해 머리를 흔들었다(13).

위에서 나타난 긴 머리 모습은 분명 아름답고 또한 이를
바라보고 있는 데이빗에게 행복감을 안겨 주는 것이다. 그러
나 남편의 이러한 행복감은 오래 지속되지 못한다. 어느 날
캐서린 힐이 사내아이처럼 짧게 깎은 채 나타난 것이다.

> 그녀의 머리는 사내아이처럼 짧게 깎여 있었다. 사정없이
> 깎여 있었다. 그녀의 머리칼은 언제나 치렁치렁하게 뒤로
> 빗어 넘겼지만, 옆머리가 짧게 깎여 그녀 머리에 바짝 붙
> 어 돋은 두 귀가 분명하게 드러났고, 머리칼의 황갈색 선
> 이 머리에 바짝 붙어 깎여 있었고 뒷머리는 매끄럽게 착
> 가라앉아 있었다(15).

이러한 모습은 마치 이브가 금단의 열매를 따 먹은 후 아

담에게 먹게 한 것처럼, 젊은 아내는 남편에게, 사람들은 일
정한 규칙에 따라 살아가고 있는데 우리는 이러한 규칙에 따
라 살지 말자고 권한다. 이 '규칙'은 조물주가 아담과 이브에
게 금단의 열매를 따 먹지 말도록 한 그 명령에 해당하는 것
이다.

> "있잖아." 하고 여자가 말을 이었다. "놀랄 일이라는 게
> 바로 이거야. 난 여자야. 하지만 지금은 남자로 된 거고, 뭐
> 든지, 뭐든지, 뭐든지, 다 할 수 있어." "여기 내 옆에 앉아."
> 남자가 말했다. "바라는 게 뭐야, 이 사내야?" "아유, 고마
> 워." 여자가 말했다. "당신이 갖고 있는 걸 내가 가질래. 그
> 게 왜 위험한 일인지 알겠어?" "응, 알겠어." "내가 그렇게
> 한 게 좋지 않아?" "아마." "아마가 아냐, 이 일 생각을 해
> 봤어. 처음부터 끝까지 생각해 봤어. 왜 우리가 다른 사
> 람들 규칙에 따라 살아가야 돼? 우리는 우리야."(15)

캐서린 힐의 짧게 깎은 머리는 단지 그녀의 외형적인 모습
일 뿐 아니라, 그녀의 내면세계의 반영이기도 하다. 그녀는
자기가 여자라고 말하면서도 또한 남자이기도 하다는 말을
한다. 그녀의 이러한 외면과 내면에 걸친 급격한 변모의 양상
은, 순결했던 이브가 금단의 열매를 따 먹고 아담에게도 먹게
한 이후 이들에게서 보이는 급격한 변화의 모습과 상통한다.
이러한 것은 젊은 아내가 남편에게 "데이빗, 우리가 갈 데까
지 다 갔다 해도 괜찮지, 응?"(17)이라고 말하는 데에서도 암
시되어 있다. 캐서린 힐이 길었던 머리를 잘라 버린다든가 그

녀가 성적 역할에 있어서 본래대로 있으려고 하지 않고 자신을 피터라고 부르면서 남성의 역할을 하려고 함으로 말미암아 그녀는 이제껏 누려 왔던 여성으로서의 행복을 상실하는 결과를 초래하게 된다. 이러한 점이 이 작품의 주제인 '에덴동산의 행복의 상실'과 긴밀히 연결되어 있다고 볼 수 있다. 여기에 에덴동산의 아담과 이브의 이야기와 상징적으로 병행된다. 헤밍웨이의 네 번째 부인인 메리 웰시(Mary Welshy)는 1953년 12월에 그녀의 회고록에서 다음과 같은 가상의 인터뷰를 썼는데, 이는 이 작품의 내용을 쉽게 이해할 수 있는 단서가 된다.

> 기자: "헤밍웨이 씨, 당신의 부인이 레즈비언(lesbian)이라
>   는데 그게 사실인가?"
> 헤밍웨이: "물론 아니지, 내 처는 남자야."
> 기자: "그럼, 헤밍웨이 당신이 좋아하는 스포츠는 무엇인가?"
> 헤밍웨이: "축구, 낚시, 독서와 남색(sodomy)이야."
> 기자: "당신의 처도 이러한 스포츠 활동에 관여하는가?"
> 헤밍웨이: "그녀는 그러한 모든 스포츠에 관여하고 있지."
> (제프리 마이어스 436)

여기서 "내 처는 남자요"라고 하는 말은 이 작품에 등장하는 캐서린 힐을 통해서 나타나고 있다. 또한 메리가 '남색'이라고 기록하고 있는 것에서 헤밍웨이 자신의 부부생활을 엿볼 수 있다. '남색'은 정상적인 것으로부터의 일탈의 행위인데, 이러한 것이 이 작품에 잘 반영되어 있다. 캐서린 힐이 제

안하는 성적 역할의 교환 등에 의한 성관계는 변칙적인 성행
위로, 즉 '규칙'을 벗어난 성관계로 보인다. 이러한 '규칙'을
벗어난 성관계는 금단의 열매를 따 먹는 행위를 상징하는 것
으로서, 데이빗과 캐서린 힐은 금단의 열매를 따 먹음으로써
아담과 이브가 정상적인 계율에 의한 생활에서 벗어나 낙원
을 상실한 것처럼, '에덴동산의 행복'을 상실한 것으로 나타
나고 있다. 캐서린 힐이 데이빗에게 성적 역할의 교환을 제의
한 이후 이들의 모습에서 낙원 상실의 전조를 읽을 수 있다
(17). 또한 캐서린 힐이 "내가 사악하다고 생각지 않아?"(17)라
고 묻는 표현에서도 사악한 뱀의 유혹에 넘어간 이브의 모습
을 보여 주고 있다. 이러한 상황에서 데이빗은 갓 결혼한 아
내 캐서린 힐을 놓치지 않으려는 듯 바짝 세게 끌어안지만,
그러나 마음속으로는 그녀와 헤어지게 될 것이라는 불안감을
갖게 된다. 데이빗은 마음속으로 '안녕'을 되뇌임으로써 캐서
린 힐과의 다가올 이별을 감지할 수 있게 해 준다. 이 부분은
'필연적으로 상실할 수밖에 없는 에덴동산의 행복(the happiness
of the Garden that a man must lose)'이라는 이 작품의 주제를
잘 드러내고 있다(올리버 278).

> 그는 그녀를 바짝 세게 끌어안고 속으로 '잘 가거라, 잘
> 가거라, 그래, 잘 가거라.' 하고 되뇌었다. "가만히 조용히
> 누워 서로 안고 아무 생각도 하지 말자"고 그는 말했고,
> 그의 가슴속에서는 '잘 가거라, 캐서린. 잘 가거라, 내 사

랑스런 여자, 잘 가거라, 안녕, 잘 가거라.' 하고 있었다(18).

금단의 열매를 따먹는다는 것은 뒤바뀐 성 역할을 원하는 아내의 요구에 순순히 응해주는 남편의 모습으로, 이브의 권유를 받아들여 금단의 열매를 따먹는 아담의 모습과 비유된다.

> 그는 지난밤에 그녀의 손이 자기의 몸에 와 닿는 것을 느꼈었다. 그리고 그가 잠을 깨자 달빛 아래서 그녀는 다시금 헤아릴 수 없는 마술 같은 변신을 하고 있었다. 그녀가 그에게 말을 걸어오고 질문을 했을 때, 그는 "아니야." 하고 말을 하지 않았고, 그녀의 그런 또 다른 변모를 느꼈기에 내내 그의 가슴이 아팠었다. 두 사람이 모두 지칠 대로 지친 나머지 그것이 끝났을 때, 그녀는 떨고 있었고 그에게 속삭였다. "우린 해냈어, 정말 해낸 거야."(20)

뱀의 유혹에 빠진 이후의 이브의 모습이 그 이전의 순결했던 그녀의 모습과 같을 수 없듯이, 남자의 위치에서 성관계를 마친 캐서린 힐은 마술 같은 변신의 과정을 겪는다. 캐서린 힐의 제안에 따라 여자의 역할을 맡는 데이빗이 그녀의 뜻에 따르면서도 한편으로 이러한 행위에 대하여 걱정을 하면서 자신의 입장을 변명하는 모습은 마치 이브의 제안을 받아들여 금단의 열매를 따 먹고 난 후 두려움에 떨면서 창조주에게 그의 행동을 변명하는 아담의 모습과 유사한 점을 찾을 수 있다.

하지만 그는 몹시 염려가 되었다. 그는 생각했다. 일이 이처럼 겨냥 없이 위험스럽고, 빠르게 되어 간다면 우리는 어떻게 될 것인가? 이처럼 맹렬하게 타오르는 불길 속에서 타 없어져 버리지 않는 것이 무엇이 있겠는가? 우리는 행복했다. 그녀도 행복했을 게 틀림없다. 그러나 아무도 모르는 일이다. 그런 너는 누구인가? 거기에 끼어들어 그런 변화를 받아들여 가며 그렇게 지내 온 사람이 누구이기에 이러쿵저러쿵하는 건가? 만약 그것이 그녀가 원하는 바라면, 도대체 무슨 자격으로 너는 그녀가 그렇게 하지 않기를 바라는가? 그녀와 같은 아내를 갖고 있는 너는 행운아고 그것을 하고 나서 쓴맛을 느낀다는 것이 죄악인데, 넌 쓴맛을 느끼지도 않잖아? ……(21)

여기서 헤밍웨이가 젊은 부부를 묘사하는 시제를 주목해 보면 아담과 이브가 금단의 열매를 따 먹은 후에 그들의 모습과 상호 간의 깊은 관련성을 찾아볼 수 있다. 데이빗이 "우리는 행복했다"라거나 "……그녀도 행복했을 게 틀림없다"라고 과거시제로 말하는 것으로 보아 이들의 행복도 이미 과거의 일이 되었음을 짐작할 수 있다. 더욱이 그가 이런 생각을 하는 시점이 이들이 변칙적인 행위로 성관계를 맺은 이후라는 점에서 이러한 행동이 에덴동산에서 아담과 이브가 금단의 열매를 따 먹은 이후의 행동과 일치함을 암시하고 있다. 캐서린 힐이 남자 역할을 하겠다고 할 때, 데이빗은 "나는 포기했어"라고 말하는 데서 그가 그녀의 생각에 동의하고 있음을 알 수 있다. 그리고 이들이 결혼을 한 지 석 달하고 두 주가 지나도록 캐서린 힐은 피부를 검게 태우는 일과 남자의 역할을 하는 행위를 계속한다. 이러한 행위의 계속은 침실에서만 국한되는 것이 아니라, 박물관과 같은 공공장소에서도 행하여진다. 또한 캐서린 힐은 자신들의 이러한 행위를 둘만의 비밀로 간직하는 것이 아니라, 데이빗이 알고 지내는 존 보일(John Boyle) 대령에게 "프라도(Prado)에선 내가 사내였다는 것을 어떻게 아셨어요?"(63)라고 직접 말함으로써 자신이 남자 역할을 한다는 것을 세상에 공개한다. 이렇게 되자 데이빗도 사태의 심각성을 깨닫고 절망감을 느끼며 두려워하게 된다.

> "내가 키스해 주고 해 보면 안 돼?" "나도 남자고 당신도 남자라면 안 돼?" 그는 마치 가슴속에 쇠막대가 가로질러 있는 듯한 느낌이 들었다. "당신이 대령에게 그런 말을 하는 게 아니었는데. 하지만 그 사람은 나를 봤어, 데이빗. 그 사람이 그 말을 꺼냈고, 다 알고 있었고, 이해하고 있었잖아. 그 사람한테 말한 것은 바보 같은 짓이 아니야……. 그 사람은 우리의 친구 아니야? 내가 이야기했기 때문에 오히려 그 말을 퍼뜨리고 다니지 않을 거야. 만약 내가 이야기하지 않았다면 당연히 말을 퍼뜨리고 다닐 거야……. 가슴이 쇠고랑에 채워진 기분이야."(67)

절망에 찬 데이빗의 이러한 심적 상태는 호텔 객실에서 캐서린 힐과 함께 나란히 누워 자신의 심정을 그녀에게 털어놓은 데서도 잘 나타나 있다. 이와 같은 캐서린의 비정상적인 행동은 계속되어 급기야 카페에서 만났던 마리따라는 여자에게까지 전해진다. 그녀는 카페에서 만났던 마리따를 데리고 이발소로 가서 머리를 짧게 자르게 한 후 자기가 묵고 있는 호텔 객실로 돌아와 방을 함께 사용하며 같이 지내자고 한다. 이에 대하여 남편 데이빗은 글 쓰는 일에 방해가 될 것 같아서 화를 내지만, 캐서린 힐의 설득으로 누그러진다. 캐서린 힐은 데이빗이 염려하던 대로 마리따와 동성연애 관계를 맺는다. 더욱이 그녀는 남편으로 하여금 마리따와 육체적 관계를 맺도록 부추긴다. 결국 이들 세 사람은 한 호텔에 함께 머물면서 수영과 음주와 잡담으로 시간을 보낸다.

정서적으로도 불안정한 증세를 보이던 캐서린 힐은 마침내 정신병적인 단계에 들어가게 된다. 그녀는 마리따와 가까워진 남편을 심히 책망하는가 하면 이런 결과를 초래한 장본인인 자신에 대해서도 적지 않은 죄책감을 느낀다. 캐서린 힐은 남편의 창작행위를 질투할 뿐만 아니라, 정상적인 결혼생활마저 파멸로 몰고 간다. 그렇지만 『에덴동산』에 나오는 여주인공이 머리를 짧게 깎거나 탈색을 하는 것은, 여성다움을 포기하려는 것이 아니라, 자신의 개성을 뚜렷이 드러내고 싶은 욕망 때문이며, 또한 기회가 있으면 외부세계로부터 자신을 차단시킨 채 자신의 작품 세계로 돌아가려는 남편의 사랑을 잡아 두고 싶어 하는 욕망 때문이다. 그녀는 성행위를 할 때도 여성들이 하지 않는 위치를 고집하고, 육체적인 쾌락이나 육감적인 즐거움 이상의 것을 갖고자 하며, 자기만의 세계를 찾아 방황한다. 캐서린 힐의 행위는 자기가 계획하고 있는 일 하나하나에 거의 미친 듯이 몰두한다는 점에서「두 개의 심장을 가진 큰 강(Big Two-Hearted River)」에 나오는 닉과 비슷하다. 캐서린 힐의 이러한 태도는 닉의 경우처럼 인생에 의미를 주고, 자신을 통제하기 위한 것처럼 보인다. 캐서린 힐과 닉 사이에 차이점이 있다면, 캐서린 힐은 자신의 행동을 사악하다고 생각하고 죄책감을 느낀다는 점이다. 캐서린 힐은 데이빗을 뜨겁게 사랑하면서도, 그의 작품이 여러 사람에 의해 읽히고 서평란에 실리는 것이, 자기들의 세계를 침해한다고 여겨 괴로워할 만큼 자기들만의 세계에 대한 집착이 강하다. 마리따가 데이빗의 소설을 읽으면서 그에게 급속도로 빠져들자, 캐서린 힐은 위기의식을 느끼고 억제할 수 없는 질투심에 사로잡힌다. 그녀는 강한 질투심이 생겨, 마리따에게 데이빗이 철자법과 문법을 잘 사용하지 못하고, 불어 실력이 형편없고, 어떤 언어도 교양 있게 사용하지 못한다는 식으로 데이빗을 깎아내리려는 말을 하게 된다. 그러나 오히려 마리따는 데이빗이 써 놓은 원고를 읽으면서 그를 더욱 가깝게 이해하게 된다. 결국 캐서린 힐의 자존심은 여지없이 깨어지고 남편이 자기로부터 점점 멀어져 감을 느낀다. 여기에서 헤밍웨이에게 있었던 실제 상황을 살펴보면, 첫 부인인 해들리가 헤밍웨이에게 폴린과의 관계를 발설함으로써, 부부간에 파경을 맞게 되는 상황과 비슷함을 알 수 있다.

데이빗은 아내와의 관계에 몹시 갈등을 느끼면서 한편으로는 마리따의 여성다운 점에 이끌린다. 그는 이러한 유혹을 뿌리치려고 노력하지만 결국은 사랑의 묘한 관계가 이루어지고, 이것은 그의 말을 빌리면 '하나의 바퀴를 돌리는 세 개의 기어'처럼 맞물려 있는 것이다. 그러던 중 캐서린 힐은 마지막 자존심과 강한 질투심에서 데이빗이 그동안 써 두었던 원고 뭉치와 서평기사를 소각해 버린다. 캐서린 힐이 자신의 작품을 소각해 버리자 데이빗은 두 사람 사이가 돌이킬 수 없는 사태로 발전했음을 직감하고 절망감에 사로잡힌다. 이 사실도 해들리가 로잔느로 오는 도중, 리용에서 헤밍웨이가 써 두었던 원고를 분실해 버린 실제 사실과 같은 비극적인 상황과 유사하다.

> 그 사건은 1922년 말 겨울 오후 로잔느에서 발생하였다. 해들리는 남편 헤밍웨이에게 가져가기 위해 남편의 모든 원고가 들어 있는 가방을 가지고 오던 중이었다. 파리에 있는 리용 역에서 그녀는 원고가 들어 있는 가방을 잠깐 방심해서 잃어버렸는데, 영영 찾을 수가 없었다[아서 월든 『헤밍웨이에 대한 독자들의 안내서(*A Reader's Guide to Ernest Hemingway*)』 11].

헤밍웨이는 그의 아내 해들리가 남편의 초기 원고가 든 여행 가방을 고의로 분실하게 되는 사건을 작중 인물 캐서린 힐로 하여금 저지르게 한다. 『에덴동산』에서는 데이빗의 귀

중한 작품의 원고를 그의 아내 캐서린 힐이 불태워 버린다. 그리고 마침내 그녀는 데이빗의 곁을 떠나게 된다. 그러므로 이 작품의 결말을 낙관성과 결부시키기보다는 비극적 상황 속에서 주인공이 얻는 심리적 재생과 관련하여 이해하는 것이 온당할 것이다. 헤밍웨이의 말년에 저술했던 회고록에 의하면, 그의 아내는 흠이 없는 여자이고 그의 정부는 철없이 간교하고 질긴 여자인데, 『에덴동산』에서의 그의 아내는 사악한 반면 정부는 선한 여자, 즉 작가와 그의 조수로 묘사되어 있다. 헤밍웨이가 이 작품을 쓰기 시작했을 때, 그는 두 번째 아내 폴린과의 13년간의 결혼생활, 그리고 세 번째 부인 마아사 겔혼과의 결혼생활도 청산한 후였다. 그의 출세작 『해는 또다시 떠오른다』를 발표했을 때, 헤밍웨이는 그의 첫 부인 해들리로부터 멀어져 갔다. 당시 불과 27세였던 헤밍웨이는 아내와의 이혼에 대해서 회한과 비탄에 잠겼으며, 또 그는 이를 하나의 몰락, 즉 그와 첫 번째 아내 해들리가 오스트리아, 스페인, 그리고 파리에서 쌓아 올렸던 목가의 종말로 기억했다.

『에덴동산』은 헤밍웨이의 작품세계에 또 하나의 새로운 측면을 엿볼 수 있는 작품으로 평가되고 있다. 이 작품은 헤밍웨이 문학에 있어서 『해는 또다시 떠오른다』나 『무기여 잘있거라』 혹은 『누구를 위하여 종은 울리나』에 필적할 만한 위대한 소설은 아니다. 그러나 이 작품은 헤밍웨이 문학의 전통을 이해하는 데 있어 매우 중요한 작품이다. 야인적이고 건장한 종래의 남성주인공들과는 달리 이 작품의 남성주인공은 다분히 여성적이고 수동적인 인물로 나타난다. 그의 작품에 등장하였던 헌신적인 여성에서부터 지극히 이상적인 여성의 모습과는 달리 이 작품의 여주인공인 캐서린 힐은 남성을 거세하는 파괴적인 힘을 소유하고 있다. 그리고 무엇보다도 헤밍웨이는 이 작품에 이르러 전쟁과 투우와 심해에서의 고기잡이와 같은 외형적인 인간의 행동에서 눈을 돌려 작중 인물들의 미묘한 심리적인 상태와 내적인 갈등에 보다 많은 관심을 기울였다. 그리고 결혼생활에 서서히 느끼게 되는 환멸감과 글을 쓰는 작업과 그가 한때 말한 바 있던 '삶에 대한 축제분위기적 생각(fiesta concept of life)'을 조화시키려는 그의 끊임없는 투쟁과 그 밖에 헤밍웨이가 상상하고 회고한 많은 것들이 작품 속에서 압축되어 묘사되었다. 그가 쓴 몇몇 단편과 『가진 자와 못 가진 자(To Have and Have Not)』라는 소설을 제외하고, 헤밍웨이는 대부분의 선남선녀들이 사는 가정적인 삶에 대해서 쓰는 것을 피했다. 『에덴동산』은 이성 간의 정교, 결혼, 그리고 양성성(androgyny)에 대한 문제를 조심스러우면서도 가슴에 와 닿는 정감을 가지고 다루고 있다. 이는 남성적인 가치와 대중적 제스처에 골몰하고 있던 필자로서는 용기를 낸 것이라고 볼 수 있을 것이다. 헤밍웨이가 아직 40대 중반의 나이였는데도 그가 이 작품을 완성하고 출판하지 못하게 방해한 것이 무엇이었을까에 대해서는 단지 추측할 수밖에 없다. 한 가지 가능한 추측은 이 작품의 소재가 헤밍웨이를 사로잡기는 했으나 그와 동시에 그를 곤혹에 빠뜨렸을 것이라는 점이고, 다른 하나는 헤밍웨이 자신이 자기의 능력에 부치는 일을 하고 있다는 것을 알았으리라는 추측이다. 『에덴동산』에서 헤밍웨이는 남녀 간의 관계라는 뱀 굴에서 빠져나와 이슬람교의 천국에서 선녀들의 시중을 드는 영생불사의 축복받은 존재들처럼 여자들의 시중이나 받는 예전의 무뚝뚝하고 남성적인 인간 헤밍웨이를 다시 찾으려고 모색했을지도 모른다. 그의 다른 작품 속에서 헤밍웨이는 구식의 남자주인공, 즉 잔인한 세상이 그를 외적 불구자로 만들 때라도 늘 선한 행동을 하는 의연한 모습의 남자주인공을 보이려는 그의 욕구로 인해 곤경에 빠진 것 같다.

『에덴동산』의 묘미의 하나는 '소설 안의 소설(a story within a story)'이라는 것이다. 주인공인 젊은 작가 데이빗은 자기 아내인 캐서린 힐과 마리따라는 또 한 사람의 여자와 일종의 삼각관계의 복잡한 생활을 하는데, 그런 생활관계가 복잡해질수록 데이빗은 점점 더 그 '소설 안의 소설'을 쓰는 데 몰두하게 된다. 그가 살고 있는 '소설 안의 소설' 밖의 사물이 복잡해지고 추잡해질수록 그는 매일 자신이 일하는 방으로 가서 그의 소설세계로 빠져들게 된다. 그는 비로소 진리와 이해를 찾고, 제정신을 되찾고 나아가 자기 삶의 의미마저 소설

속에서 얻게 된다. 그러나 그의 아내 캐서린 힐은 예술을 질
투한 나머지 이런 과정을 통해 완성된 소설 안의 소설을 불
태워 없애 버린다. 마리따는 데이빗에게 그 소설을 다시 쓰면
되지 않는가라고 한다. 한 번 옳게 창조된 작품은 그것으로
끝나는 것이기에 또다시 쓸 수 없다고 데이빗은 말한다. 그럼
에도 불구하고 데이빗은 온갖 노력을 다해서 『에덴동산』의
마지막 장면에서 캐서린 힐이 태워 버린 그 '소설 안의 소설'
을 다시 부활시킨다. 그리고 데이빗은 좀 더 글을 써 나갔는
데, 어느 때라도 자신의 글이 고스란히 기억에 되살아날 것만
같았다는 대목에서 『에덴동산』은 끝난다. 이 작품의 마지막
에 가서는, 결국 자존심이 강하고 개성이 뚜렷한 캐서린 힐은
데이빗의 충실한 아내 역할을 다하지 못할 것을 알고서 두
사람의 곁을 떠나가게 된다. 마리따는 에덴동산에서 아담과
함께 추방된 이후의 이브의 모습을 보여 주고, 데이빗은 에덴
동산에서의, 그리고 그곳에서 추방된 이후의 아담의 모습을
보여 준다. 아담과 이브가 에덴동산에서 추방된 후 지옥으로
떨어진 것이 아니라, 지상에서 새로운 삶의 터전을 마련했듯
이 아내인 캐서린 힐이 떠남으로써 '에덴동산의 이브'를 상
실한 데이빗은, '에덴동산의 행복'을 상실하는 고통을 겪으면
서도 '함께 낙원에서 추방된 지상의 이브'인 마리따를 통해
서 위로를 받고 그녀와 함께 데이빗은 상징적 침례의식을 통
하여 심리적 재생을 얻는다.

낙원 상실의 상징적 장면은 데이빗이 소년 시절의 자서전적인 이야기를 내용으로 한 소설 속 코끼리의 죽음에서 잘 나타난다. 에덴동산을 상기시키는 장면은 소년 데이빗이 아프리카의 원초적인 밀림지대에서 상아를 얻기 위해 코끼리 사냥에 나서는 아버지와 쥬마라는 사람을 따라나서는 장면에서 찾아볼 수 있다. 다윗 왕이 양을 치던 어린 시절, 물매로 돌을 던져 적군의 거인 골리앗(Goliath)을 물리친 것처럼 소년 데이빗은 사냥 도중에 자갈을 가죽포에 넣고 뒤로 잡아당기는 고무총으로, 식량으로 사용할 수 있는 두 마리의 새를 잡는다. "데이빗은 따뜻하고 살이 통통 찐 부드러운 깃이 달린 그 새 두 마리를 집어 올리고 그것들의 머리를 사냥용 칼의 손잡이로 내리쳤다."(172) 그러나 소년 데이빗은 이제 이들에게 코끼리는 필경 죽게 될 것을 깨닫고 그가 코끼리를 발견한 것을 이들에게 알리지 않았어야 한다고 생각한다. 그가 "그 코끼리를 비밀로 해 두었더라면 그 코끼리는 언제나 내 것이었을 테고……"(181)라고 한 말에서 코끼리는 데이빗에게 행복을 상징하는 동물임을 알 수 있다. 코끼리가 죽지 말기를 바라는 소년이 "망할 놈의 코끼리 사냥"(181)이라고 말하자 그의 아버지가 "뭐라고?" 하고 묻는데, 다시 한 번 그는 "망할 놈의 코끼리 사냥"(181)이라고 말한다. 그러나 그의 코끼리에 대한 강렬한 애착에도 불구하고 아버지와 쥬마의 총에 번갈아 습격을 당한 코끼리는 피투성이가 되어 쓰러진다. 이러한 상황에서도 코끼리와 소년 데이빗의 교감이 이루어진다.

> 움직이지는 않았지만 눈은 살아 있어 데이빗을 바라보았
> 다. 속눈썹이 꽤나 길었고 그처럼 생기에 찬 눈매를 데이
> 빗은 여태 본 일이 없었다(199).

그러나 이러한 교감도 잠시, 피투성이가 된 쥬마가 데이빗
으로부터 총을 빼앗아 총구를 거의 코끼리의 귓구멍까지 쑤
셔 넣고 두 번 쏘자 모든 것은 끝나게 된다. 그처럼 생기에
찬 눈매를 가지고 있던 코끼리가 이제는 데이빗과 아무런 교
감도 할 수가 없게 되었고, 그에게 행복감을 안겨 주었던 코
끼리는 영원히 사라지게 되었다.

> 첫 발을 맞자 코끼리는 눈을 번쩍 크게 떴었는데, 그러나
> 눈이 흐려지기 시작했고, 이어 귀에서 피가 흘러나와 새
> 빨갛게 두 갈래가 되어 주름진 잿빛 가죽 위를 흘러내렸
> 다. 그 피는 색깔이 이전보다 다른 것이었고 그때 데이빗
> 은 그 사실을 기억해야겠다고 생각했었고 또 기억도 해
> 두었던 것이지만, 그에겐 아직껏 아무런 소용이 없었다.
> 이젠 모든 위풍, 모든 장엄, 모든 아름다움은 그 코끼리에
> 게서 사라져 버렸고, 코끼리는 하나의 엄청나게 큼직한
> 쭈글쭈글한 더미가 되어 있었다(200).

위에서 소년 시절 눈빛이 서로 마주쳤던 코끼리의 무참한
죽음을 통하여 데이빗은 행복의 상실을 경험하게 되고, 이 경
험을 토대로 자서전적 소설에 열정을 기울여 이를 완성한다.

이로 인해 작가인 데이빗은 다시 한 번 소년 시절에 느꼈던 행복의 상실을 경험한다. 잿더미가 된 원고가, 살았을 때 생기에 찬 눈매를 지녔던 코끼리가 죽은 뒤에 '하나의 엄청나게 크고 쭈글쭈글한 더미'로 되어 버린 시체와 상통하고 있는 것으로 보아 원고나 코끼리는 모두 행복의 상징물로 보인다. 이와 같이 데이빗과 캐서린 힐이 한동안 누려 왔던 '에덴 동산의 행복'의 상실은 다음 장면에서 상징적으로 나타난다.

> 원고가 타 버린 쓰레기 소각기는 전에 55갤런용 가솔린 드럼이었던 것으로 구멍이 뚫려 있다. 재를 휘젓는 데 써서 아직도 한쪽 끝이 새까맣게 된 막대기는 이전에도 재를 휘젓느라고 쓰이던 낡은 빗자루였다. 석유병은 돌로 지은 헛간에 있었는데, 등불용 석유가 담겨 있었다. 드럼에는 형체를 알아볼 수 없는 타 버린 초록색 노트 표지조각 몇 개가 있었고, 로메이키(Romeike's)기사 보관 대행사에서 쓰는 것으로 알 수 있는 분홍색 종이 두 장이 불에 그슬려 있었고……(221).

특히 행복이 사라진 후의 데이빗의 공허한 마음은 '바람이 빠져 버린 그의 경기용 자전거의 타이어'(221)나 그가 들어가는 '호텔의 텅 빈 방'(221)을 통하여 객관적 상징물들로 나타나고 있다. 그리고 이런 데이빗의 공허감은 캐서린 힐과 대화하는 가운데서 격심한 증오감으로 바뀐다.

"단지 내가 하고 싶은 건 당신을 죽이는 것뿐이야, 내가

안 그러는 유일한 이유는 당신이 미쳤기 때문이야." 데이
빗이 말했다(223).

위에서 나타난 것처럼 데이빗의 증오는 캐서린 힐을 죽이
고 싶은 심정으로 변한다. 그러나 그녀를 미친 사람으로 보고
차마 죽이지 못하는 심정을 밝히면서 급기야 그가 캐서린 힐
에게 "당신을 만난 것도 유감이고, 당신과 결혼한 것도 유감
이야"(224)라고 하자 캐서린 힐도 "나도 그래"(224)라고 응수
하면서 그녀는 결국 그에게 앙다이(Hendaye)를 거쳐 파리로
떠나겠다고 말한다. 결국 캐서린 힐이 늘 그를 사랑할 것이라
는 내용의 편지를 남기고 떠나게 되자 이 두 사람의 행복했
던 결혼생활도 막을 내린다.

> "데이빗, 그것이 얼마나 끔찍한 노릇이었는지 당신은 빤
> 히 알고 있다는 것을 난 불쑥 깨달았어…… 당신이나 나
> 도 알고 있는 것처럼 내가 맨날 버릇없이 놀고 건방지게
> 굴고, 게다가 최근엔 너무 터무니없이 그랬잖아. 하지만
> 내가 그렇게 굴었으니까. 어쨌든 간에 이것 한마디는 할
> 테야. 난 당신을 사랑하고 난 당신을 언제나 사랑할 테고.
> 미안해, 참. 얼마나 쓸모없는 말인지."(237)

결국 두 사람이 누렸던 '에덴동산의 행복'이 끝나게 되자
데이빗과 캐서린 힐의 행복했던 결혼생활은 비극적으로 끝난
다. 마치 아담과 이브가 금단의 열매를 먹음으로써 낙원을 상
실한 것처럼, 이 작품의 데이빗과 캐서린 힐도 '금단의 열매'

를 따 먹는 것을 시도하다가 결국 두 사람이 공유했던 낙원, 즉 행복을 상실한다.

이상에서 살펴본 것처럼『구약성서』<창세기>에 나오는 아담과 이브의 에덴동산의 상실에 대한 이야기는 이 작품에 깊게 원용되어 있다. 이 작품은 종교적인 면을 중요시하려는 내용은 아니지만, 전체의 구성과 골격은 창세기에 나오는 에덴동산의 아담과 이브의 낙원상실의 이야기에 근거를 두고 있는 것으로 드러나고 있으며, 다음과 같은 요인으로 인하여 더욱 구체화되고 있다.

첫째, 주인공 데이빗은 아담과의 연관성을 지녔을 뿐만 아니라, 다윗 왕과의 관련성도 함께 지니고 있다. 또한 여주인공 캐서린 힐은 이브와의 관련성이 잘 나타나 있고, 특히 그녀가 데이빗에 의해서 악마로 빈번하게 불리는 것으로 보아 뱀의 유혹에 빠진 이브의 모습이 더욱 부각된다.

둘째, 이성 간에 뜨거운 사랑을 할 때 성의 구별이 없어지는 현상은 낙원의 본질인 것으로서 캐서린 힐의 제의에 따라 데이빗과 그녀가 서로 성적 역할을 바꾸어 가면서 사랑을 하는 행위는 낙원 본질의 의미를 더해 주는데, 바로 이러한 행위의 실전이 이 행복했던 부부가 '낙원에서의 행복'의 상실을 겪게 되는 비극적인 결말의 서막, 즉 '금단의 열매'가 되고 있다는 점에 숙명적 아이러니가 내재되어 있음을 알 수 있다.

셋째, 캐서린 힐은 동성 파트너인 마리따를 집으로 끌어들여 '금단의 열매'로 만듦으로써 낙원 상실의 현실적 의미를 구체화하고 있다.

넷째, 뱀의 유혹에 빠진 이브가 금단의 열매를 따 먹고 아담에게도 먹게 한 후 함께 에덴동산에서 추방되는 것처럼, 이 작품에서도 캐서린 힐의 유혹에 넘어간 데이빗은 결국 그녀와 공유했던 행복을 상실하는 비극을 맞게 된다.

이와 같이 이 작품은 제목에서부터 내용에 이르기까지 성서가 풍부히 원용되어 있지만, 이 작품의 기조는 사실성에 있다. 이러한 사실성의 기본 바탕 속에 성서와 관련된 상징적 의미가 '인간이 필연적으로 상실할 수밖에 없는 에덴동산의 행복'이라는 이 작품의 인본주의적인 주제를 더욱 밝혀 주고 있다. 이러한 점에서 성서적 요소들은 이 작품에서 매우 중요한 역할을 하고 있다고 하겠다. 헤밍웨이는 작고할 때까지 줄곧 사랑과 아집으로 점철된 이 작품에 매달렸으며, 이 작품은 문학의 영원한 테마인 사랑과 예술에 대한 작가의 가장 원숙한 해석을 보여 주는 것이다. 그는 이 작품에서 그의 재능과 개성의 새로운 면모를 보여 주었고, 아울러 인간에 대한 깊은 이해를 가능하게 해 주었다.

지금까지 『에덴동산』에서 논의한 바와 같이, 이기적 사랑의 여주인공은 사랑을 독차지하기를 갈구하고 있을 뿐 성공하지 못한다. 헤밍웨이는 이 작품 속에서 전후 세대의 젊은이들이 성적인 자유를 적극적으로 추구하며, 일정한 제도상의 절차에 구애받지 않고 성관계가 자유분방하다는 사실을 다양하게 보여 주었다. 그러나 자유분방한 성행위는 진정한 사랑이 결여되기 쉬우므로, 이것은 오래 지속되지 못하고 시간이 흐르면 약해지고, 초기에 상대방에게 느꼈던 사랑에 대한 행복감이 그 성격을 달리하게 되었을 때, 실망, 권태, 증오만이 남게 된다. 그러나 사랑이 결별로 끝나는 이러한 원인을 여성의 이기심에서 찾으려고 하는 것은 남성 편향적인 비평의 산물임이 분명하다. 사랑은 그 자체가 생명을 갖고 있기 때문에 계속해서 영양을 주고 가꾸어야 하는데, 단순한 성적 접촉에만 열중하고 있을 뿐, 육체적으로나 정신적인 면에서, 진정한 사랑의 합일을 도외시했기 때문에 이들의 사랑이 더 이상 발전하지 못한 것이다. 이 작품에서 데이빗과 캐서린 힐의 공통적인 문제점은 각자가 자신의 감정과 욕구에만 충실할 뿐, 상대방의 감정을 적극적으로 이해하려고 하지 않는다는 점이다. 이 점에 대해 프롬은 다음과 같이 언급하고 있다.

> 사랑의 성취를 위한 주요 조건은 자신의 나르시시즘 (narcissism)을 극복하는 것이다. 나르시시즘 지향이라 함은 자기 자신 속에 존재하는 것들만을 실제로 경험하는 것을 말한다. 반면에 외부적 세계의 모든 현상은 그 자체로서는 전혀 현실성이 없다. 그것들은 오직 자기에게 유용한가 혹은 위험한 것인가라는 관점에서만 경험된다(118).

캐서린 힐은 자신의 섬세한 감수성에 무관심한 데이빗에

게 실망을 느끼고, 절망할 수밖에 없으며, 그래서 자기중심적인 적극적 사랑의 태도를 취하게 된다. 그러나 그것이 지나쳐서 남성이 무반응을 보이면, 다시금 자신의 외모에 파격적인 변화를 보인다든지, 성행위에서 이상 체위를 요구한다든지, 동성연애를 하는 등 남편을 독차지하기 위한 절망적인 몸짓을 보이게 된다. 이러한 금단의 열매를 따 먹는 행동은 결국 에덴동산에서의 행복을 영영 잃어버리는 결과를 초래한다. 즉, 캐서린 힐의 상대방에 대한 이해와 신뢰가 결여된 자신의 성적인 자유만을 추구하는 이기적이고 자기중심적인 사랑은 실패로 끝날 수밖에 없었다.

제4장

맺음말

헤밍웨이가 작가로서 활동을 시작하던 1920년대 미국은
여성의 성 전도에 대한 담론, 특히 '신여성'들에 대한 문학적
시선에 암시되듯 성별관계의 불안정이 가시화되고 있던 시점
이었다. 당시 이런 사회적 분위기는 여성들의 정치적·경제
적 권리를 강화하면서 예술영역에서도 두각을 나타내고 있던
여성들에게 힘을 부여하고 있었다. 따라서 이 시기는 남성의
'여성화' 내지는 여성의 '남성화'라는 문화현상을 드러내면서
기존의 성 코드를 무색케 하는 '젠더문제'를 빚어내고 있었
다. 헤밍웨이와 동시대의 작가인 포크너가 『모기들』에서 이
시대의 남녀는 "일종의 메마른 불모의 종족으로, 여성은 너
무나 남성적이고 남성은 너무나 여성적이어서 둘 다 자식을
볼 수 없다"(209)고 언급했던 것은 이러한 젠더관계의 혼란을

반영하고 있는 것이다. 이러한 문화 현상을 반영이라도 하듯 헤밍웨이의 주요 작품 속의 여주인공들인 브렛 애슐리, 캐서린 바아클리, 마리아, 캐서린 힐은 그들 나름대로 독창적인 여성이미지나, 남성성의 위기 문제에 집착하고 있음을 엿볼 수 있다. 남성성의 위기에 대한 헤밍웨이의 경험은 역사적 맥락에서도 찾아볼 수 있는데, 남북 전쟁의 패배로 자존심에 심한 상처를 입은 백인 남성들의 약화된 남성파워, 1차 대전 이후 겪어야 했던 남성들의 무력감, 그리고 헤밍웨이가 1차 대전을 통해서 체험한 극한적인 생사상황은, 평화와 사랑을 추구하는 인간의 가치관을 여지없이 붕괴시켰고, 그의 작품에서 문학적 '영감'의 근원이었던 것은 바로 그가 겪은 '전쟁'이었음을 알 수 있다. 헤밍웨이 역시 참전을 하여 부상을 입게 되는데 그의 육체적 외상은 곧 정신적인 상처를 의미하기도 했다. 그의 대다수의 주인공들은 그러한 정신적인 상처로 인해 고통받는 사람들로 묘사되어 있다.

이러한 문학의 특성은 르네상스 이후 면면히 이어져 내려오는 삶을 중심으로 인생을 관조하는 문학사조와는 달리, 죽음을 중심으로 인생을 관조하는 문학이었다. 즉 고대에서부터 현대의 자연주의문학에 이르기까지의 문학이 인간의 삶을 중심으로 한 문학, 인간 생존의 조건과 환경을 개선 발전시키려는 데 그 중요성을 둔 문학이라면 '잃어버린 세대'의 문학은 죽음을 중심으로 하여 삶의 강렬함과 성실성을 추구하는

문학이다. 다시 말하면 삶과 죽음 사이를 방황하며 냉혹한 현
실사회의 균열을 메우고 경험적 세계를 넘어선 가치체계에
관심을 보인 문학으로 볼 수 있다. 거트루드 스타인에 의하면
‘잃어버린 세대’ 문학의 대변자로 여겨지는 헤밍웨이를 비롯
한 ‘전쟁세대’의 작가들이 주로 다루고 있는 문학적 소재들
은 제1차 세계대전으로 인하여 잃어버린 미국 청년들의 꿈과
이상, 환멸과 좌절에 관한 것들이었다. 헤밍웨이 역시 이 시
대를 대표하는 작가로서 기존의 가치관과 관념을 불신하며
기성사회와 결별을 선언하고, 결국 국외자가 되어 냉소주의
자로 변모해 가는 미국 청년들의 모습을 담고 있다. 이러한
창작행위는 젊은 날 헤밍웨이에게 절대적으로 필요한 자위행
위로써, 거듭되는 여성들의 거절로부터 만신창이가 된 자신
의 자존심을 어루만지며 글쓰기를 통해 그들에 대한 자신의
감정에 거리를 유지하고 예술적으로 그 감정을 승화시킬 기
회를 가지면서 나름대로 그들에게 보복할 수 있는 유일한 출
구였는지도 모른다.

이 시기는 작가 헤밍웨이의 창조적인 삶과 개인 헤밍웨이
의 고통스런 현실 간의 첨예한 갈등구도가 그를 작가로 부상
시키는 데 중요한 기반을 다져 주고 있었다. 그의 작품들은
헤밍웨이의 삶의 그늘진 국면들을 한 겹 한 겹 벗겨 내면서
그가 어떤 창조적인 작업을 하고 있는지를 비교적 적나라하
게 잘 반영해 보인다. 특히 그의 여성관계는 자신을 거절하는

여성들을 추구하는 악순환적 관계의 연속이었기에 좌절과 실패로 귀착되는 사랑의 추구가 대부분이었으며, 무엇보다 헤밍웨이 자신이 그들로부터의 거부를 예견하면서도 그 피학적인 관계들에 집착하였다는 점이다. 이러한 그의 집착 역시 실제 전기 속에 나타난 헤밍웨이의 여성들에 대한 그의 집착과 긴밀히 연관되어 있으며, 그것은 다분히 보상적 성격의 남성적 욕구라 하겠다. 때문에 상당 부분 혐오적이기까지 한 그의 여성관은 이미 이 시기에 그의 가슴속 깊숙이 각인되어 거의 평생 동안 그가 창조해 낸 많은 여성 이미지들에 영향을 미치게 된다. 특히 헤밍웨이의 여성관을 형성한 주된 요인은 그의 성격과 환경, 그리고 주변 여성들 간의 인간관계임을, 그의 전기적인 요소를 통해 알 수 있었다. 헤밍웨이의 삶과 작품 속에는 또한 전통적인 남성과 여성의 역할, 특징, 활동, 성적인 위치까지 혼합하거나 교환하는 독창적인 여성이미지들이 존재한다. 이렇게 볼 때, 헤밍웨이의 삶은 '성적인 이중성'과 '모호성'의 문제에 의해 형성되었다고 볼 수 있다. 이런 과정의 주된 요인은 그의 어머니인 그레이스였다. 그레이스는 헤밍웨이를 누나인 마셀린과 쌍둥이처럼 키우고 싶어 하면서 헤밍웨이에게 남성성을 부여하지 않았을 뿐만 아니라, 그녀 자신이 남자였다면 취했을 행동과 감정을 아들에게 투영시키려고 하였다. 이런 가정에서 자란 헤밍웨이가 작품 속에 그려 낸 인물, 특히 여성인물들은 그의 삶과 작품 속에 영향을 준

여성상의 전조가 되었다. 그리고 그런 예가 『해는 또다시 떠
오른다』의 브렛 애슐리가 남성화된 여성인물로, 『무기여 잘
있거라』의 캐서린 바아클리가 뇌쇄적인 여성인물로, 『누구를
위하여 종은 울리나』의 마리아가 양성화된 이상적인 여성인
물로, 그리고 『에덴동산』의 캐서린 힐이 자기중심적인 여성
인물로 나타나게 된다.

먼저 '현대판 키르케'라고 할 수 있는 남성화된 여성 브렛
애슐리에게서는 1920년대 미국 문화의 한 단면으로 부상하고
있던 젊고 대담하고, 성적으로 자유분방한 '신여성'의 일면을
엿볼 수 있다. 브렛과 같은 현대 여성의 이미지는 그녀의 내
적 매력이 드러나는 것이 아니라, 오히려 성적 욕망의 대상이
되는 젊은 여성의 이미지이다. 그리고 지적 수준이나 감성적
차원에서 브렛의 외면과 내면의 괴리는 당시 신여성으로서의
최악의 이미지라 할 수 있겠다. 이 작품 속의 남성들은 젊고
대담하고, 아름답고, 성적인 이 현대 여성에게 엄청난 매력을
느끼기도 하지만, 동시에 그러한 여성성에 대해 불안감과 불
편함도 느끼고 있었음을 부인할 수 없다. 작품 속에서 브렛은
남자들 사이를 요요처럼 오가며 목적 없이 성적인 쾌락만을
즐기며 사는 젊은 여성의 자화상적인 모습을 보여 준다. 이런
점에서 브렛은 남성에게 위험한 여성으로 인식되기도 한다.
이와 같은 헤밍웨이의 여성관은 성적인 젊은 여성에 대한 그
의 심각한 적개심을 암시하고 있다. 이런 점은 1차 세계대전

이후의 시대적 배경, 즉 애매함과 불확실성 시대의 실체를 반영한다는 지적도 있다. 이러한 맥락에서 데이비드 로저스(David Rogers)도 독창적인 여성이미지에서 도출되고 있는 '성적인 애매함'은 넓은 의미에서 바로 그 시대의 '문화적 불확실성'을 포괄하고 있는 것(68)이라고 언급한 바 있다. 그럼에도 불구하고 이러한 여성이미지는 '현대적인', '진보적인' 의미가 다분히 함축되어 있기 때문에 작품 속에서 브렛이 선택하는 삶은 작가 자신이 가지고 있는 여성관에 대한 역설적인 의미를 반영한 것이기도 하다. 이렇게 볼 때, 브렛에게 나타나는 남성적인 경향은 전쟁으로 인한 결혼 실패와 그 좌절감에서 오는 여성성의 상실에서 시작되었다고 볼 수 있다. 브렛의 남성성은 전쟁과 사랑으로 인한 절망감에서 생존하기 위한 일종의 생존 전략인 셈이다. 브렛의 이러한 남성성에도 불구하고, 그녀가 주변에 있는 남성들에게 보여 준 정신적인 사랑과 모성애 등을 통하여 브렛의 여성적인 일면도 읽을 수 있다.

다음으로 『무기여 잘 있거라』에서 뇌쇄적인 여성인 캐서린 바아클리는 헨리로 하여금, 인위적인 '단독강화'를 실행케 하고, 그 둘만의 독립된 세계를 추구한다. 그러나 그들은 독립된 세계를 추구함으로써 모든 사회로부터 이탈되고 격리되어 파멸상태에 빠지게 된다. 헨리는 절망의 상징물인 비를 맞으면서 캐서린 바아클리의 죽음을 보게 되고, 캐서린 자신도 절대적인 '생물학적인 함정(biological trap)'을 벗어나지 못하는 숙명을 체험하며 죽음을 맞는다. 실제로 헤밍웨이는 19세의 어린 나이에 1차 세계대전에 참전하게 되는데 다리에 부상을 입고 밀란에 있는 한 야전병원에 입원했다. 그리고 그는 이곳에서 만난 간호원 아그네스 폰 커로우스키를 캐서린의 모습으로 재현시킨다. 하지만 이 작품 속에서의 사랑과는 달리 아그네스와 헤밍웨이의 사랑은 '실연'으로 끝나게 되고, 그가 목격한 전쟁의 참상과 실체는 그의 초기 작품에서 나타나는 허무적인 경향의 결정적인 요소로 작용하게 된다. 이에 대해 새뮤얼 쇼(Samuel Shaw)는 헤밍웨이 문학에 나타난 허무주의의 성격을 미국적인 분위기에 근거를 두고 있는 것이라고 규정하고, 그 어떤 철학이나 이론보다는 사실적인 경험을 반영한 것이며, 헤밍웨이 문학의 출발점이 된다고 지적한 바 있다. 『무기여 잘 있거라』에 등장하는 헨리의 연인인 캐서린 바아클리와 헬렌 퍼거슨(Helen Furguson), 반 캠펜(Van Campan)과 게이지(Gage)의 관계를 살펴보면, 헤밍웨이가 어렸을 때 갖고 있던 모친 그레이스에 대한 거부감이 잘 표현되어 있다. 이 작품에서는 남녀 간의 진실한 사랑이 인간이 살아가는 데 있어서 중요한 한 요소임을 나타내고 있지만, 파멸적인 인간의 숙명 앞에서는 속수무책이었다. 결국 캐서린은 생물학적 함정에 빠져 죽게 되는데 죽음은 모든 것의 끝이며, 헨리는 캐서린의 죽음에 세상과 연인과 운명까지도 자신을 버리고 있다고 느낀다. 이런 점에서 볼 때 헤밍웨이의 이러한 문학세계는 전쟁의 상처와 죽음의 의식이 되풀이되어 나타난다고 할 수 있다. 헤밍웨이의 이러한 의식은 시지프스(Sisyphus)적인 시련과 같은 것이다. 헤밍웨이가 모 가장적인 가정에서 성장했던 배경과 이탈리아 전선과 스페인 전선에 참가했던 점, 투우와 모험을 즐겼던 점 등 그의 영웅주의적 심리들을 고려해 볼 때, 헤밍웨이는 모성콤플렉스의 소유자임을 알 수 있다. 특히 여성이 주도하는 가정에서 어린 시절을 보낸 헤밍웨이에게 캐서린 바아클리와 같은 뇌쇄적인 여성은 헤밍웨이가 어린 시절 자신이 느껴 보지 못했던 어머니의 모습을 상반되게 묘사한 것이다.

양성화된 이상적인 여성인 마리아는『해는 또다시 떠오른다』의 브렛처럼 남성을 파괴시키는 여성도 아니고,『무기여 잘 있거라』의 캐서린 바아클리처럼 인류에 대해 봉사를 하는 간호사의 신분으로 인간의 평화를 위해 싸워야 할 군인인 헨리를 자신의 품으로 끌어들여 남자로 하여금 단독강화를 실행케 하는 이기적인 여성도 아니다. 마리아는 인류애로 가득 찬 조단을 만나 사랑으로 하나가 되기를 소망한다. 이 점은 조단이 소유한 인류애에 대한 신념을 공유하겠다는 의도이기도 하다. 즉, 그녀는 그들 둘만의 세계가 아닌 사회와의 균형을 맞춘 차원 높은 사랑을 하는 것이다. 또한 마리아는 양성성으로 충족되어서 헤밍웨이의 이상적인 여성으로 제시되는

데, 이것은 마리아의 사랑에서 양성성의 조화를 찾아볼 수 있기 때문이다. 여기서 양성성이란 완전을 추구하고자 하는 인간의 욕구로서, 인간이 각각 여성 안에 남성적인 특질 또는 남성 안에 여성적인 특질을 적극적으로 수용하여 자기 안에 모든 인간적인 특질과 능력의 균형을 갖추고 난 이후에 진정으로 조화로운 삶의 실체를 완성하고자 하는 인간의 마음 상태라고 말할 수 있다. 이런 마리아의 양성화는 인물들의 내면적인 변용 및 또 다른 존재로의 재탄생 과정을 외적으로 나타내 주는 헤밍웨이의 극적인 장치라고 볼 수 있다. 실제로 마리아는 헤밍웨이의 전기적인 사실에서 밝힌 그의 이상적 아내인 메리 웰시를 모델로 한 것이다.

헤밍웨이는 전 생애를 통하여 자신의 일부 작품 속에 나오는 여주인공들로 하여금 자기 꿈을 대신 실현하도록 강요하는 트릭을 썼으며, 그리고 나서 그 결과를 영원한 여성적 행위로 취급했던 것이다. 이처럼 여자들을 진정 자신의 형상대로 창조한 헤밍웨이는 『에덴동산』에서 자신은 안전하게 물러서서 여성인물들을 그녀 자신들의 형상에 맡겨 두거나, 아니면 그저 아예 피동적으로 나오면서 자신은 마치 그녀들이 자기를 부패시키는 것처럼 보이도록 묘사하고 있다. 또 이 작품은 헤밍웨이의 사후에 출간된 다른 작품들처럼, '정신병리적 측면(psychopathological aspect)'을 드러내고 있지만, 이 병리는 훌륭한 예술적인 설계 속에 수용되어 있다. 헤밍웨이가 여

성을 악의 근원으로 보는 의식은 『에덴동산』의 우화를 강화
시키고 활기를 돋운다. 이 작품에서 캐서린 힐은 성적으로 유
순한 이브에서 '파괴적인 암캐(destructive bitch)'로 변신한다.
이렇게 볼 때, 그녀는 전통적인 여성상을 기대하는 남성의 감
정에는 무관심한 채로 자신의 성적인 자유만을 추구하면서
상대방에게 고통을 주는 이기적이면서 자기중심적인 여성임
을 알 수 있다.

　이상에서 살펴본 바와 같이, 헤밍웨이의 작품에 등장하는
여성인물들의 성격을 고찰하여 그들이 독특한 개성을 가지고
사랑의 주체로서 적극적인 역할을 하고 있음을 규명해 보았
다. 헤밍웨이의 작품 속에 나오는 여성인물들의 성격과 특성
은 매우 다양해서 몇 가지 부류로 나눈다는 것이 도식적인
것처럼 느껴지지만, 그들이 보여 주는 특성은 생동감을 가지
고 살아가는 여성들에게서 쉽게 발견될 수 있는 것이다. 작품
에 나오는 남성인물들은 유독 사랑의 문제에서만은 수동적인
태도를 보이는데, 이에 반해 여성들은 어떠한 사랑을 하든 적
극적인 태도로 사랑을 주도한다. 남성들은 오히려 현실을 직
시하지 못하고 비겁한 태도를 취하거나 그들에게 요구되는
반응을 적절하게 보이지 못하는 경우가 많다. 그러나 남성들
이 여성의 적극적인 태도에 긍정적인 반응을 보이며, 사랑의
장으로 나왔을 때 사랑은 성공적인 것으로 발전한다. 성공적
인 사랑은 성적인 만족을 바탕으로 하지만 감정적인 친밀감

을 필요로 하고, 궁극적으로는 존재의 중심적 결합을 통해 죽음이라는 실존적 한계에 도전한다. 헤밍웨이가 죽음에 대해 유난히 민감했던 것은, '감수성' 때문이었다. 헤밍웨이는 삶과 죽음이 동전의 양면처럼 항상 맞붙어 있는 것으로 인식했으며, 그에게 있어서 일생의 주제는 그 죽음을 망각하는 것이 아니고, 초월하는 것이었다. 그는 인간에 대한 지순한 사랑 속에서 죽음을 초월하는 방법을 발견했다. 헤밍웨이의 작품에는 죽음이 항상 드리워져 있었다. 그러나 그 그림자를 거두고 인간에게 희망을 주는 것은 사랑의 빛이었다. 헤밍웨이의 작품에서는 사랑을 통한 죽음의 초월이라는 주제가 여러 가지 형태로 시도되었다.

이런 점들은 헬레니즘(Hellenism)과 헤브라이즘(Hebraism)의 두 문학적 구조가 세계 문예사조에 끊임없이 관여해 온 것과 같이, 남성성·여성성이 시대와 상황에 따라 강하게 혹은 약하게 나타날 수도 있음을 말해 준다. 즉, 거세된 남성들만 교제해 온 브렛은 어쩔 수 없이 남성적인 여성이 되어야만 삶의 환경을 버텨 낼 수 있었을 것이고, 미숙한 남성인 헨리를 만난 캐서린 바아클리는 전쟁의 폭력을 피해 헨리로 하여금 단독강화를 맺게 만들지만, 이 잘못된 선택으로 두 사람 모두 각기 사랑의 함정과 생물학적인 함정에 빠지게 된다. 그리고 성숙한 남성인 조단과 사랑하게 되는 마리아는 조화로운 성품의 이상적인 여성성을 견지할 수 있었고, 수동적이고 무력하며 유약한 남성 데이빗과 결혼한 캐서린 힐은 사랑의 주체로서 적극적이고 능동적인 역할을 하며, 남성에게 의존하지 않는 독자적인 자아의 길을 개척할 수밖에 없었을 것이다.

헤밍웨이는 자신의 작품 세계에서 여성의 적극적인 사랑의 능력과 섬세한 감수성을 인정하고 살아 숨 쉬는 다양한 여성인물들을 창조했다. 이러한 여성인물에 대한 연구가 보편성을 얻기 위해서는 그동안 여성이 제외된 남성 위주의 세계관의 고찰을 지양하고, 여성에 대한 올바른 이해를 포함하여 인간에 대한 새로운 가치체계를 정립하여야 할 것이다. 여성과 남성의 상호관계를 통하여 서로 부족한 점들을 보완해 주는 평등하고 자유로운 인간관계를 정립할 때, 여성에 대한 올바른 시각이 제시될 수 있을 것이다. 작품 속에서 사실보다도 더욱 진실한 것을 표출하려고 했던 노력에 비추어 볼 때, 헤밍웨이의 여성관도 새로운 각도에서 분석되고 그의 작품 속 남성인물과 여성인물이 대등한 위치의 상대자로 이해되어야 할 것이다. 이 점에 착안하여 앞으로의 문학 작품들은 남자와 여자가 주체적인 인격체로서 상호 존중하며, 공존할 수 있는 가능성들을 제시할 필요가 있다. 이러한 글쓰기는 다원성을 요구하는 시대적인 상황 속에서 올바른 삶의 본질로 연결될 수 있는 가능성을 제시해 줄 것이다.

참고문헌

Abrams et al., *The Norton Anthology of English Literature,* 4th ed. New York: W. W. Norton & Co., 1979.

Agonito, Rosemary. *History of Ideas on Woman.* New York: A Perigee Book, 1977.

American Bible Society. "Ecclesiastes". *The Holy Bible*(King James Version). New York.

Arnold, Lloyd. *High on the Wild with Hemingway.* Caldwell, Idaho: The Caxton Printers, Ltd., 1968.

Astro, Richard and Benson, Jackson J. ed. *Hemingway In Our Time.* Corvallis: Oregon State University Press, 1974.

Atkins, John. *The Art of Ernest Hemingway*: His Work and Personality. London: Spring Books, 1965.

Atkins, S. P. *Goethe's Faust*: a Literary Analysis. Cambridge, 1958.

Backman, Melvin. "The Matador and the Crucified": *Ernest Hemingway: Critiques of Four Major Novels,* ed. Carlos Baker, New York: Charles Scribner's Sons, 1962.

Bakan, D. *The duality of human existence.* Chicago: Rand McNally, 1966.

Baker, Carlos. *Ernest Hemingway: Critiques of Four Major Novels.* New York: Charles Scribner's Son's, 1962.

__________. *Hemingway: The Writer as Artist.* Princeton University Press, 1972.

__________. *Hemingway and His Critics: An International Anthology.* New York: Hill and Wang, 1961.

__________. *Ernest Hemingway: A Life Story.* New York: Charles Scribneris Sons. 1969.

Baker, Sheridan. *Ernest Hemingway: An Introduction and Interpretation*. New York: Holt, Rinehart and Winston, Inc, 1967.

Bardacke, Theodore. "Hemingway's Women". in John McCaffery ed., Ernest Hemingway; *The Man and His Work*: New York Press, 1956.

Baring, Anne and Cashford, Jules. *The Myth of the Goddess: Evolution of an Image*. London: Penguin Books Led., 1991.

Bem, Sandra. "Gender scheme theory and child development". *The Psychology of Women*: Ongoing Debates, ed. Mary Roth Walsh. London Press, 1987.

__________. "The measurement of psychological androgyny". *Journal of Consulting and Clinical Psychology,* 1974.

Benson, Jackson J. *Hemingway: The Writer's Art of Self—Defense*. Minneapolis: University of Minnesota Press, 1969.

__________. ed. *The Short Stories of Ernest Hemingway*: Critical Essays. Durham, North Carolina: Duke University Press, 1975.

Bergstrasser, Arnold. *Goethe's Image of Men and Society*. Chicago, 1949.

Bloom, Harold. *Modern Critical Views*: Ernest Hemingway, Sterling Professor of the Humanities. Yale University, 1982.

Boer, Lawrence R. *Hemingway's Spainish Tragedy*. Alabama: The University of Alabama Press, 1973.

Bradbury, Malcolm. & McFarlane, James. *Modernism*. New York: Penguin Books, 1983.

__________. *The Modern American Novel*. New York: Oxford University Press. 1984.

Brenner, Gerry. "Epic Machinery In Hemingway's *For Whom the Bell Tolls*" in *Modern Fiction Studies*. Vol. XVI. No.4. Prudue University, Winter, 1970—71.

Bridgman, Richard. *Gertrude Stein in Pieces*. New York: Oxford University Press, 1970.

Brooks, Cleanth & Warren, Robert Penn. *Understaning Fiction*. New Jersey: Prentice—Hall, Inc. 1979.

Burnett, Frances Hodgson. *Little Lord Fauntleroy*. London: Collins, 1974.

Burgess, Anthony. *Ernest Hemingway and His World,* New York: Charles Scribner's Sons. 1978.

Chadwick, Charles. *Symbolism.* London: Cox & Wyman, Ltd., 1973.

Chase, Richard. *The American Novel and Its Tradition.* Batimore & London: Johns Hopkins Uni. Press, 1957.

Colegrave, Sukie. *The Masculine and Feminine in Human Consciousness* Washington D.C.: L. C. 1979.

Cooper, Stephen. *The Politics of Ernest Hemingway,* Michigan: U.M.I. Research Press, 1985.

Cooperman, Stanley. *World War I and the American Novel,* Baltimore Press, 1967.

Comely, Nancy R & Scholes, Robert. *Hemingway's Genders.* New Haven: Yale University Press, 1994.

Copeland, Carlyn F. *Language & Time & Gertrude Stein.* Iowa: University of Iowa Press, 1975.

Cosgrove, Vincent. *The Hemingway Papers*(novel). New York: Bantam Books, 1983.

Cowley, Maocolm. *Exile's Return.* New York: Viking Press, 1951.

Cullingford, Eliabeth Butler. *Gender and History in Yeats's Love Poetry* New York: Syracuse UP, 1996.

Dahiya, Bhim. *The Hero in Hemingway,* New Delhi, 1977.

De Beauboir, Simone. *The Second Sex.* Toronto: Bantam Books, 1964.

Deaux, Kay. *The Behavior of Woman and Men,* Brooks/Cole Publishing Company, 1976.

Delmore, Schwartz. *Ernest Hemingway's Literary Situation*, The Southern Review, Vol. Ⅲ, 1938.

Defalco, Joseph. *The Hero In Hemingway's Short Stories.* University of Pittsburgh Press, 1963.

Doctorow, E. L. *New York Times* "Book Review". New York: N. Y. T., 1992.

Donaldson, Scott. *The Cambridge Companion to Hemingway.* Cambridge University Press, 1996.

__________. *By Force of Will: The Life and Art of Ernest Hemingway.*

New York: Viking Press, 1977.

Eliot, T. S. *Critical Theory Since Plato*. New York: Harcort Brace Jovanovich, Inc., 1971.

Elliot, Ira. "Performance Art: Jake Barnes and Masculine Signification in *The Sun Also Rises*". *American Literature,* Vol.67, No.1, March 1995. Duke University Press.

Fenton, Charles A. *The Apprenticeship of Ernest Hemingway: The Early Years*. New York: Farrar, Stratus & Young, 1954.

Fiedler, Lesile A. *Love and Death in the American Novel*. New York: Stein and Day, 1982.

Fuller, Margaret. *Woman in the Nineteenth Century*. 1845: New York: Norton. 1971.

Fraser, G. S. *The Modern Writer and His World*. Published by Kenkyusha Press, Tokyo, 1969.

Gellens, Jay. ed. *Twentieth Century Interpretations of A Farewell to Arms*. N. J.: Prentice − Hall, Inc. (Englewood Cliffs), 1970.

Goldenberg, Naomi. *Changing of the Gods. Feminism and the End of Traditional Religion*. Boston: Beacon Press, 1979.

Gray, James. "Tenderly Tolls the Bell". *Ernest Hemingway: The Man and His Work*. ed. John McCaffery, Cleveland: World Publishing, 1956.

Gray, Richard. ed. *American Fiction: New Readings*. Vision and Barnest Noble. 1983.

Grebstein, Sheldon. *Hemingway's Craft*. Carbondale: Southern Illinois Univ. Press, 1973.

Gurko, Leo. *Ernest Hemingway and the Pursuit of Heroism*. New York: Crowell, 1968.

Halliday, E. M., *"Hemingway's Ambiguity: Symbolism and Irony"*: *Ernest Hemingway: Critiques of Four Major Novels,* ed Carlos Baker, New York: Charles Scribner's Sons, 1962.

Hassan, Ibab. *Radical Innocence: Studies in the Contemporary American Novel*. Princeton, New Jersey: Princeton University Press. 1961.

Halliday, E. M. "Hemingway's Ambiguity: Symbolism and Irony". *American Literature*, XVIII (March, 1956).

Heilbrun, Carolyn. *Toward a Recognition of Androgyny*. New York: Knopf, 1973.

Hemingway, Ernest. *A Farewell to Arms*. Penguin Books, 1969.

__________. *For Whom the Bell Tolls*. Harmondsworth, Middlesex, England: Penguin Books, Ltd, 1974.

__________. *The Sun Also Rises*. New York: Charles Scribner's Sons, 1954. Hemingway, Leicester. *My Brother Ernest Hemingway*. Cleveland: The World Publishing Co., 1962.

__________. *The Nick Adams Stories*. New York: Charles Scribner's Sons, 1972. Originally published 1925.

__________. *Across the River and Into the Trees*. New York: Charles Scribner's Sons, 1970. Originally published 1925.

__________. *In Our Time*. New York: Charles Scribner's Sons, 1958. Originally published 1925.

__________. *The Garden of Eden*. New York: Charles Scribner's Sons, 1986.

__________. "Manuscripts" *Hemingway Collection*. Boston: John F. Kennedy Library.

__________. *Selected Letters*, 1917 − 1961. Ed. Carlos Baker. New York Charles Scribner's Sons, 1981.

__________. *The Short Stories of Ernest Hemingway*. New York: Charles Scribner's Sons, 1966. Originally published 1938.

High, Peter B. *An Outline of American Literature,* London and New York: Longman, 1986.

Hoffman, Frederick J. *The Modern Novel in America,* Chicago: Henry Regency Co., 1963.

Hotchner, A. E. *Papa Hemingway: A Personal Memoir*. New York: Bantam Books, 1966.

Hovey, Richard B. *Hemingway: The Inward Terrain*. Seattle: University of Washington Press, 1968.

Jacobi, Jolande. *The Psychology of C. G. Jung*. New Haven, Conn.: Yale University Press, 1962.

Jacobson, Edith M. D. *Depression*. New York, 1971.

James, Callow. *Guide to American Literature*. New York: Charles Scribner's
    Sons. 1990.

James, William. *The Principles of Psychology*. (in two volumes) New York:
    Dover Publications. Inc., 1918.

Jobes, Katharine T., ed. *Twenties Century Interpretations of The Old Man and the
    Sea: A Collection of Critical Essays*. Englewood Cliffs, N. J.: Prentice
    −Hall, 1968.

Johnson, Edgar. "Farewell the Separate Peace": *Ernest Hemingway: The Man
    and His Work*. ed. John McCaffery, Cleveland: World Publishing,
    1965.

Jones, Ernest. *Essays in Applied Psychoanalysis*. New York, 1951.

Joost, Nicholas. *Ernest Hemingway and The Little Magazines*: The Paris Years.
    Massachusetts: Barre Publishers, 1968.

Joyce, James. *A portrait of the Artist as a Young Man*. Harmondsworth:
    Penguin Books, 1976.

Jung, C. G. *The Archetypes and the Collective Unconscious*. Princeton, N. J.:
    Princeton University Press, 1968.

Kant, Immanuel. *Groundwork of the Metaphysic of Morals,* H. J. Paton trans.
    New York: Harper Torchbooks, 1982.

Kaplan, Alexandra G. Androgyny as a model of mental health for women:
    From theory to therapy, *Beyond sex −role stereotype: Readings toward a
    psychology of androgyny*. Boston: Little, Brown, 1976. Kazin, Alfred.
    Hemingway: Synopsis of a Career, Harcourt, Brace & Company, Inc.,
    1942.

Klibbe, Lawrence. *Ernest Hemingway's The Sun Also Rises: A Critical
    Commentary,* New York: Monarch Press, 1965.

Killinger, John, *Hemingway and the Dead Gods: A Study in Existentialism,
    Lexington*: University of Kentucky Press, 1960.

King, Adele. Notes on *A Farewell to Arms: Ernest Hemingway,* eds. A. N.
    Jeffares & Suheil Bushrui, Burnt Mill, Harlow, Essex: Longman
    York Press, 1981.

Langland, Elizabeth. *Society in the Novel*. Chapel Hill & London: The Uni. of

North Carolina Press, 1984.

Lee, A. Robert. *Ernest Hemingway*. London: Vision and Barnes & Noble, 1983.

Leo Gurko, *Ernest Hemingway: The Writer as Artist*, Princeton University Press, 1952.

Lynn, Kenneth S. *Hemingway*. New York: Simon & Schuster, 1987.

MacLeish, Archibald. *Poetry and Experience*. Boston, 1960.

McCaffery, John K. M. ed. *Ernest Hemingway: The Man and His Work*. New York: Avon Book Division, 1950.

Merriam — Webster Editorial staff. *Webster's Third New International Dictionary of the English Language*. Springfild, Mass: G & C. Merriam Co., 1984.

Merrill, Robert. "Tragic Form in *A Farewell to Arms*" in *American Literature*. Vol.XIV. No.4. Duke University Press. 1974.

Meyers, Jeffery, ed. *Hemingway: The Critical Heritage*. T. S. Matthews. "New Republic". 1929.

____________, ed. *Hemingway: A Biography*. New York: Harper & Row, Publishers, 1985.

Mill, John Stuart. *On the Subject of Women*. Greenwich: Fawcett Publications Inc., 1971.

Moi, Toril. *Sexual/Textual Politices: Feminist Literary Theory*. New York: & London: Methuen, 1985.

Montgomery, Constance Cappel. *Hemingway in Michigan*. New York: Fleet, 1962.

Nagel, James. "Brett and Other Women in *The Sun Also Rises*", Ed. Scott Donaldson. *The Cambridge Companion to Ernest Hemingway*. Cambridge University Press, 1996.

____________. *Ernest Hemingway: The Writer in Context*. Wisconsin: The University of Wisconsin Press, 1984.

Nahal, Chaman. *The Narrative Pattern in Ernest Hemingway's Fiction*. Rutnerford, N. J.: Fairleigh Dickinson Univ. Press, 1971.

Nelson S. Raymond, *Hemingway: Expressionist Artist*. The Iowa State

University Press, Ames, 1979.

Nietzsche, Fridrich. *The Birth of Tragedy*. In *Basic Writings of Nietzsche*. Ed. New York: The Modern Library, 1968.

O'Connor, Richard. *Ernest Hemingway*. New York: McGraw — Hill, American Writers Series, 1971.

Oldsey, Bernard. *Hemingway's Hidden Craft*, University Park: Pennsylvania State University Press, 1979.

Phillips, Larry W. ed. *Ernest Hemingway On Writing*. New York: Charles Scribner's Sons, 1984.

Plato. *Symposium*. trans Michael Joyce. New York: Everyman's 1945.

Plimpton, George. "Interview with Hemingway". Ed. Carlos Baker. *Hemingway and His Critics*. New York: Hill and Wang, 1961.

Poore, Charles. *The Hemingway Reader*. New York: Charles Scribner's Sons. 1963.

Reynolds, Michael. *The Young Hemingway*. Oxford & New York: Basil Backwell. Led., 1986.

______________. *Hemingway's Reading, 1910~1940: An Inventory*. Princeton, New Jersey: Princeton University Press. 1981.

Rich, Adrienne. *Of Women Born: Motherhood as Experience and Institution*. New York: W. W. Norton & Co, 1976.

Rovit, Earl. *Ernest Hemingway*. Boston: Twayne Publishers, 1963.

Sanderson, Rena. "Hemingway and Gender History". Ed. Scott Donaldson. *The Cambridge Companion to Ernest Hemingway*. Cambridge University Press, 1996.

Sanderson, Stewart. *Hemingway*. Edinburgh and London: Oliver and Boyd, 1962.

______________. *Ernest Hemingway*. New York: Grove Press, 1961.

Sanford, Marcelline Hemingway. *At the Hemingway's: A family Portrait*. Boston: Little Brown, 1962.

Satre, Jean — Paul. *L'Existentialisme est un Humanisme*. Paris: Les Editions nagel, 1946.

Schwenger, Peter. *Phallic Critiques*. London: Routledge and Kegan Paul,

1984.

Shaw, Samuel. *Ernest Hemingway*. New York: Frederick Ungar Publishing Co.,
1973.

Showalter, Elaine. *A Literature of Their Own*. Princeton, N. J.: Princeton
University Press, 1971.

Singer, June. *Androgyny. Toward a New Theory of Sexuality*. New York, 1976.

Singer, Kurt. *Hemingway: Life and Death of a Giant*. L. A.: Hollaway House
Publishing Co., 1961.

Spence, Janet T. Conceptions of Masculinity and Feminity, *Journal of
Personality and Social Psychology*. Boston Press, 1975.

_______________. Helmreich, R. L. *Masculinity and Feminity: Their Psychological
Dimensions, Correlates, and Antecedents*. Austin: University of Texas
Press, 1978.

Spilka, Mark. *Hemingway's Quarrel with Androgyny*. Lincoln & London:
University of Nebraska Press, 1990.

Spiller, Robert. et al., *The Cycle of American Literature*. An Essays in Historical
Criticism: The Free Press, 1983.

Svoboda, Frederic J. *Hemingway & The Sun Also Rises: The Crafting of a Style*.
Kansas: University Press of kansas. 1983.

Tong, Rosemary. *Feminist Thought. A Comprehensive Introduction*. Westview
Press, 1989.

Wagner, Linda W. ed. *Ernest Hemingway: Five Decades of Criticism*. Michigan:
Michigan State University Press, 1974.

Waldhorn, Arther, Ed. *A Reader's Guide to Ernest Hemingway*. New York:
Farrar Straus and Giroux, 1972.

Waldmeir, Joseph. "Confiteor Hominem: Ernest Hemingway's Religion of
Man.": *Ernest Hemingway: Critiques of Four Major Novels*. ed. Carlos
Baker, New York: Charles Scribner's Sons, 1962.

Warren, Robert P. "Hemingway". *The Kenyon Review*, Vol.IX, 1947.

Watkins, Floyd. *The Flesh and the Word: Eliot, Hemingway, Faulkner*: Nashville,
Tenn.: Vanderbilt Univ. Press, 1971.

Watts, Emil S. *Ernest Hemingway and the Arts*. Urbana, Ⅲ: Univ. of Illinois

Press, 1971.

Weeks, Robert P. *Hemingway: A Collection of Critical Essays,* ed. Robert P. Weeks, Englewood Cliffs, N. J. Prentices — Hall Inc., 1962.

West Jr., Ray. *"The Biological Trap": Hemingway: A Collection of Critical Essays,* ed. Robert Weeks. Englewood Cliffs. N. J. Prentice — Hall Inc., 1962.

White, William. *Guide to Ernest Hemingway*: An Essay. Columbus, Ohio: Charles Merrill Publishing Co, 1969.

Whitlow, Roger. *Cassandra's Daughters*: *The Women in Hemingway*. Westport: Greenwood, 1984.

Williams, Wirt. *The Tragic Art of Ernest Hemingway*. Baton Rouge & London: Louisiana State Uni. Press, 1983.

Willson, Edmund. "Hemingway: Gauge of Morle". Ed. John K. M. McCaffery, *Ernest Hemingway: The Man and His Work*. New York: The World Publishing Co., 1956.

__________. *Axel's Castle: A Study in the imaginative Literature of 1890~1930*. New York: Charles Scribner's Sons. 1969.

Wollstonecraft, Mary. *Vindication of the Rights of Woman*. Harmondsworth: Penguin Classics. 1985.

Woolf, Virginia. *A Room of One's Own*. New York: Harcourt, Brace & World, Inc., 1957.

Wright, Elizabeth. *Feminism and Psychoanalysis*. New York: A Critical Dictionary, 1992.

Wylder, Delbert. *Hemingway's Heroes*. Albuquerque, New Mexico: Univ. of New Mexico Press, 1979.

Young, Philip. *Ernest Hemingway: A Reconsideration*. University Park: The Pennsylvania State University Press, 1976.

__________. *Ernest Hemingway*, Minneapolis: University of Minnesota Press, 1961.

__________. "Adventures of Nick Adams": *Hemingway: A Collection of Critical Essays,* ed. Robert P. Weeks, Englewood Cliffs, N. J. Prentice — Hall Inc., 1962.

윤동곤

문학박사(미국소설 전공)
동신대학교, 목포해양대학교, 원광대학교, 조선대학교 외래교수 역임
대한영어영문학회 회원, 한국 헤밍웨이학회 회원
현) 남부대학교, 조선대학교 영문과 외래교수

「헤밍웨이의 사상적 변천과정」
「헤밍웨이 여성읽기: 양성성」
「헤밍웨이의 여성인물 연구」
「에덴동산에 나타난 헤밍웨이 여성읽기」

『Modernism and Hemingway』
『A Study on the Androgyny in Hemingway's Works』
『토익 모의고사 400 문제집』
『Current English』
『제우스와 인간의 운명』

헤밍웨이 여성 읽기

초 판 인 쇄 | 2010년 10월 15일
초 판 발 행 | 2010년 10월 15일

지 은 이 | 윤동곤
펴 낸 이 | 채종준
펴 낸 곳 | 한국학술정보㈜
주   소 | 경기도 파주시 교하읍 문발리 파주출판문화정보산업단지 513-5
전   화 | 031) 908-3181(대표)
팩   스 | 031) 908-3189
홈페이지 | http://ebook.kstudy.com
E-mail | 출판사업부 publish@kstudy.com
등   록 | 제일산-115호(2000. 6. 19)

ISBN   978-89-268-1550-2 93840 (Paper Book)
            978-89-268-1551-9 98840 (e-Book)

내일을여는지식 ■은 시대와 시대의 지식을 이어 갑니다.